SPANISCHE ABENTEUER

AF200428

Catalina Onda

SPANISCHE ABENTEUER

Biographischer Roman

Bibliographische Information der Nationalbibliothek:
Die Deutsche Nationalbibliothek verzeichnet diese
Publikation in der Deutschen Nationalbibliographie;
detaillierte bibliographische Daten sind im Internet
über http://dnb.d-nb.de abrufbar.

2018 Catalina Onda

Herstellung und Verlag:
BoD- Books on Demand, Norderstedt
ISBN: 9783746011240

La medida del amor es amor sin medida
(San Agustín)

Für C. und M.

TEIL 1

1

Finja war extra für zwei Tage nach Wien gekommen, um die Vernissage eines indischen
Malers zu besuchen, dessen Werke sie nur aus
einer Broschüre kannte.

In der WG ihrer Freundin Lilly, bei der sie übernachtet hatte, war die Stimmung etwas angespannt. Man diskutierte heftig, wer wann den
Abwasch machen sollte und erwog eine Neugestaltung des Putzplans.

… Also war sie früher aufgebrochen, als nötig.
Draußen schien die Sonne und es war für Ende
August ungewöhnlich heiß.

Da sie noch viel Zeit hatte, beschloss sie, den
ganzen Weg zu Fuß zu gehen. Sie genoss das
ungewohnte Flair der Großstadt. Die vielen
Menschen und die vielen Sinneseindrücke, die
schreiend um ihre Aufmerksamkeit wetteiferten.
Als sie die geschäftige Mariahilferstraße entlang
ging, bemerkte sie, dass ihr ein Mann folgte. Er
war nicht besonders groß. Er hatte kurze,
schwarze Haare und einen Schnauzbart; und trotz
der Hitze trug er lange Hosen und einen gleich-
falls langärmeligen Pullover mit V-Ausschnitt.
Der Pullover war ziemlich verwaschen und eine
Spur zu kurz. Finja fühlte sich unangenehm berührt, da ihr dieser Mann ausgesprochen unsympathisch erschien.

»Was will denn der von mir?!«, dachte sie.

Carlos war nur für einen einzigen Tag in Wien, um ein Geschäftsprojekt mit einem befreundeten Biologen zu besprechen. Das Treffen war eher beendet, als erwartet und sein Rückflug ging erst früh am folgenden Tag.

Er kannte sonst niemanden in Wien. Eigentlich hatte er damit gerechnet, dass der Biologe ihm die Stadt zeigen würde. Der aber hatte sich vielmals entschuldigt; ein unerwarteter Termin sei dazwischengekommen.

Also verließ Carlos etwas unsicher allein das Hotel Westbahn und bog zögernd in die Mariahilferstraße ein. Vielleicht konnte er sich ja hier eine Begleitung für den Abend organisieren. Er musterte aufmerksam die unzähligen Frauen, die auf der belebten Straße an ihm vorbeifluteten, wie auf einem Laufband … Etliche Male hatte er einen leichten Impuls, eine von ihnen anzusprechen, aber irgendetwas hielt ihn dann doch wieder zurück.

… Dann sah er *sie* … lange, wehende Haare und ein langer, wehender Rock. Eigentlich nicht sein Geschmack, was Kleidung betraf. Dennoch identifizierte etwas in ihm das Zielobjekt.

Er folgte der Frau …

Sie bemerkte, dass er ihr folgte …

Sie drehte sich kurz um und sah ihn unverwandt an.

Dann ging sie weiter und ignorierte ihn. Aber es schien ihm, als ob sie sich jetzt noch geschmeidiger beim Gehen wiegte.

An der nächsten Kreuzung war die Ampel rot und sie musste stehen bleiben. Dadurch holte er sie ein. Er stand schräg hinter ihr und konnte von der Seite ihr Gesicht sehen. Sehr helle Haut, trotzdem es Sommer war. Sehr große Augen, von einer unidentifizierbaren Farbe. Jung; sehr jung; vielleicht ein bisschen *zu* jung.

Ihr Blick streifte ihn kurz und signalisierte »nein«. Dennoch folgte er ihr weiter, als wäre ein Magnet in ihr, dem er sich nicht entziehen könne. Und an der nächsten Ampel sprach er sie an:

»Ihre Haare sind sehr schön, aber sehr spitz!«

Sie lachte kurz.

»Darf ich sie auf einen Kaffee einladen?«, setzte er nach.

Sie sah auf ihre Uhr. Es war immer noch Zeit bis zur Vernissage und allmählich waren ihre Füße schon etwas müde.

»Ich hab' was vor«, sagte sie, »aber eine halbe Stunde ist schon noch Zeit.«

»Gut«, meinte er, »dann gehen wir doch gleich in das Café da vorne! «

Kurz darauf betraten sie gemeinsam das Café Ritter.

Er bestellte zunächst zwei Kaffee.

»Möchtest du auch Kuchen?«, fragte er dann und ohne ihre Antwort abzuwarten, ging er zur Theke und erkundigte sich:

»Was ist das für Kuchen?«

»Das ist Topfenstrudel!«, antwortete die Serviererin. »Topfen ist Quark«, fügte sie hilfsbereit hinzu. »Und das daneben ist Apfelstrudel, das kennen Sie vielleicht!«

»Geben sie mir von jedem ein Stück«, entschied er und kehrte dann zum Tisch zurück.

»Ich habe mich noch nicht einmal vorgestellt!«, sagte er beiläufig, während er den Zucker in seinem Kaffee umrührte. »Mein Name ist Carlos und ich komme aus Spanien. Und du! Wie heißt du?«

»Finja«, sagte sie einsilbig.

»Ein schöner Name! Weißt du, was er bedeutet?«

»Nein.«

»Also, Finja bedeutet ›die Zärtliche‹ auf Baskisch«, sagte er und mit einem Blick auf ihre schmalen Hände, fügte er mit einer nicht ganz angebrachten Vertraulichkeit hinzu: »Ich könnte mir vorstellen, dass diese Hände sehr zärtlich sein können … «

Finja wurde verlegen und versuchte schnell, das Thema zu wechseln.

»Was machen sie beruflich?«, fragte sie.

»Rate mal«, sagte er und nahm erstmals seine große Sonnenbrille ab. »Was könnte ich beruflich machen!!?« Finja nahm einen ausgiebigen Schluck von ihrem Kaffee, um Zeit zu gewinnen. Eigentlich wollte sie sich ja gar nicht näher mit ihrem Gegenüber befassen. Dann aber gab sie sich einen Ruck und ließ sich auf das Spiel ein. Sie lehnte sich entspannt nach hinten, blinzelte und sah Carlos konzentriert an … Um ihn herum, war da plötzlich die Vision einer Wolke von sehr kleinen Kindern, wie Babys im Miniformat.

»Kinderarzt?«, fragte sie unsicher.

»Hexe!«, antwortete er und lächelte anerkennend. »Ich habe wirklich mit Kindern zu tun, allerdings nur mit ganz kleinen. Ich bin Gynäkologe!!«

Finja versuchte seinem Blick auszuweichen. Die Art, wie er sich weit über den Tisch nach vorne lehnte und sie ungeniert anstarrte, war ihr unangenehm und sie verschränkte die Arme.

»Und du, was machst du?«, setzte er nach einer kurzen, etwas peinlichen Pause nach … »Nein lass mich raten«, winkte er ab, während Finja noch Atem holte um zu antworten … »Du bist sicher Künstlerin!«

»Ja«, gab Finja zu, während sie ihre Hände verlegen hin und her drehte. »Welche Sparte?«, fragte sie dann.

»Hmm … Wenn ich deine Hände ansehe, würde ich auf Musikerin tippen ... Vielleicht bist du aber auch Tänzerin …«

»Nein!«, sagte sie. »Ich bin Schauspielerin und Malerin.«

»Oh! Das ist aber interessant! Und davon kann man leben?«

Finia verdrehte die Augen.

»Von der Malerei nicht, aber Schauspieler ist ein ganz normaler Beruf «, begann sie etwas unwillig zu erklären. »Man hat ein Engagement an einem Theater und man bekommt am Monatsende einen Gehalt. Es ist nicht unbedingt *das*, woran man denkt, wenn man ›Schauspielerin‹ hört. Die wenigsten Schauspieler sind berühmt und ich lege eigentlich auch keinen Wert darauf, berühmt zu werden. Ein Star werden kann man nur durch Filme und neuerdings halt auch durch das Fernsehen.

Aber ich liebe das Theater. Das Theater hat so etwas Altes, Antikes. Ich kann es nicht erklären, was ich daran so sehr mag. Irgendwie ist es absurd, weil eigentlich hab' ich mir diesen Beruf gar nicht selbst ausgesucht. Ich wurde von Freunden in diese Richtung gedrängt. Weil ich ja angeblich so begabt dafür bin.

Aber ich weiß nicht; ich habe Probleme mit der Stimme, wenn das Haus zu groß ist. Und letztlich fehlt mir auch die große Leidenschaft für diesen Beruf, die ich an anderen Kollegen sehe. Es bedeutet mir nicht wirklich so viel. Wie gesagt, für mich ist es ein ganz normaler Job, nichts Besonderes.

Mir ist eigentlich auch Geld nicht gar so wichtig. Sicher, für manche Dinge braucht man Geld, aber es ist mir nicht wichtig. Nicht in der Art, wie viele Menschen ja nur *dafür* leben. Dafür, dass sie immer mehr Geld horten … Und eigentlich haben sie im Grunde gar nichts davon. Ich denke halt, dass es Wichtigeres gibt im Leben, als immer nur Geld.«

Finja verschränkte wieder die Arme und blickte zu Boden. Eigentlich hatte sie nicht die Absicht gehabt, so viel über ihr Leben zu offenbaren. Carlos musterte sie weiterhin ausgiebig und meinte dann ehrlich verwundert:

»Das finde ich sehr spannend, dass du das so sagst … Das ist wirklich sehr besonders, dass ein junger Mensch so wenig materealistisch ist!!

Ich für meinen Teil bin ein vielbeschäftigter Mann und heute spielt Geld für mich keine so große Rolle mehr, weil es von selbst kommt. Aber das war nicht immer so … Ich habe lange Jahre um die Position, die ich heute habe, gekämpft. In meiner Jugend war ich allerdings auch ein Freigeist, der gegen die Gesellschaft revoltierte. Das kann problematisch werden, wenn man, so wie ich damals, in einer Diktatur lebt. Ich habe seinerzeit einen hohen Preis für meine Eskapaden bezahlt, aber das geht jetzt zu weit … Inzwischen bin ich jedenfalls sehr stark involviert in diese Gesellschaft und wenn man da einmal drinnen ist, in diesem Rad, dann will man

17

auch Erfolg haben und wenn man dann Erfolg hat, will und kann man nicht mehr aufhören … «

Inzwischen war es für Finja an der Zeit, zu ihrer Vernissage zu gehen.

»Tut mir leid, aber ich muss jetzt aufbrechen«, sagte sie höflich. »Ich bin nämlich in Wien, um mir die Bilder eines indischen Malers anzuschauen. Der Künstler wird auch selbst anwesend sein und ich bin wirklich schon sehr gespannt.«

»Iss deinen Kuchen noch auf!«, sagte Carlos und dann fragte er unvermittelt: »Sag, hättest du etwas dagegen, wenn ich dich dorthin begleite? Ich bin ganz allein in Wien und mein Flug geht erst morgen.«

Sie überlegte kurz. Eigentlich wollte sie ihn nicht dabeihaben; andererseits war es aber auch egal.

»Wenn du unbedingt willst, kannst du ja mitkommen«, meinte sie dann. »Aber wir müssen jetzt wirklich gehen. Ich will nicht zu spät kommen.«

Die Ausstellung fand in einem ehrwürdigen, alten Gebäude statt, das einem Kloster gehörte. Der Orden hatte den indischen Künstler nach Wien eingeladen. Er war von den Vertretern des Konvents in Indien, die ihn vor einigen Jahren entdeckt hatten, wärmstens empfohlen worden.

Als Kind eines indischen Vaters und einer britischen Mutter mischte sich in ihm das Beste beider Welten. Er war mit der christlichen Religion genauso vertraut wie mit dem Hinduismus und seine Bilder hatten starken religiösen Bezug (weshalb ihn die katholische Kirche förderte).

An diesem Abend erklärte er einige seiner Bilder.

In der westlichen Religion, erläuterte er, würde Gott immer von oben nach unten schaffen. Gott im Himmel ist oben und erschafft durch seine magischen Impulse alles das, was unten auf der Erde ist –

In der östlichen Kultur hingegen, würden die Schöpfungsprozesse immer von unten nach oben stattfinden, also die Mutter Erde erschafft das Leben in ihrem Schoß. Und dieses Leben strebt dann hoch zum Licht der Sonne. Die Wachstumsenergien seien ein ganz wesentlicher, zentraler Bestandteil dieser Schöpfungsvorgänge.

In einem seiner Gemälde hatte er versucht, diese beiden unterschiedlichen Vorstellungen zu vereinen; und eigentlich waren letztlich alle seine Bilder eine gelungene Synthese, zwischen der östlichen und der westlichen Lebensauffassung.

»Ich möchte jetzt noch mit dem Künstler persönlich sprechen«, sagte Finja am Ende des offiziellen Teils. Carlos verstand sie sofort.

»Ich warte einstweilen draußen, wenn es dir recht ist«, meinte er. »Lass dir ruhig Zeit, aber

19

ich würde mich gerne nachher noch weiter mit dir unterhalten. Wir könnten irgendwo eine Kleinigkeit essen.«

»Na gut«, sagte sie, »bis später dann.«

Das Gespräch mit dem Maler verlief gut. Er freute sich, dass außer den vielen Personen mit klerikalem Hintergrund, auch eine Kollegin seine Ausstellung besuchte. Er erzählte ihr, dass er in Südindien auf einem Landgut lebe, zusammen mit seiner Frau und sechs Kindern.

»Ein Projekt, das mir sehr am Herzen liegt, ist, eine Art Künstlerkolonie auf meinem Besitz zu errichten«, erläuterte er. »Ich habe schon etliche Wohneinheiten, die ich immer an ausgewählte Kollegen vergebe. Das Ganze ist kein finanzielles Projekt, sondern diese Maler sind meine persönlichen Gäste. Wir arbeiten alle gemeinsam einige Stunden pro Tag auf den Feldern, um das, was wir zum Leben brauchen, anzubauen und zu ernten. Den Rest der Zeit verbringt jeder mit seiner künstlerischen Arbeit und die Abende sind zumeist der Kommunikation und dem Austausch der Künstler untereinander gewidmet.«

Finja fasste sich ein Herz und zeigte ihm eine Mappe mit ausgewählten Fotos ihrer Werke und er war durchaus angetan.

»Sehr schön!«, sagte er. »Und auch sehr tief!«
Und dann lächelte er sie an und fragte:

»Darf ich dich zu uns nach Indien einladen? Du kannst jederzeit kommen. Es eilt nicht. Ich gebe dir meine Anschrift und wir bleiben in Kontakt. Und wann immer du einmal Abstand brauchst, oder eine Veränderung, dann kommst du einfach!«

»Danke!«, sagte sie, während sie seine Adresse sorgfältig verwahrte. »Das freut mich wirklich sehr und ich werde sicher bei Gelegenheit darauf zurückkommen.«

Dann verabschiedete sie sich überschwänglich und ging zuletzt zu ihrem wartenden Begleiter nach draußen.

»Wie ist es gelaufen?«, fragte Carlos.

»Oh, gut! Er hat mich eingeladen, nach Indien!«, erzählte Finja begeistert.

»Ich möchte dich auch einladen«, sagte Carlos unvermittelt. »Ich möchte dich einladen, zu mir nach Spanien zu kommen!«

Sie steuerten ein kleines Lokal an, in dem man noch einen späten Imbiss nehmen konnte und während sie gemeinsam eine Käseplatte verspeisten, erzählte er weiter.

»Ich besitze drei Wohnungen in Spanien. Eine Wohnung habe ich in Malaga, wo ich arbeite; die andere befindet sich in Torremolinos, da ist ein bisschen mehr los und dann habe ich noch ein Apartment direkt am Meer, in der Nähe von Marbella.

Wo möchtest du am liebsten bleiben?«

»Direkt am Meer«, sagte Finja.

Wenig später verabschiedeten sie sich. Davor tauschten sie ihre Telefonnummern.
 »Oh! So schreibst du deinen Namen also!«, wunderte er sich. » Wir schreiben das im Baskischen mit › i ‹, also Finia! «
Dann ging er zurück in sein Hotel und sie in die WG der Freundin.

»Es geht hier nicht immer so arg zu, wie heute Nachmittag«, entschuldigte sich die Freundin.
»Aber erzähl! Wie war es?«
»Interessant!«, sagte Finja. »Er hat mich nach Indien eingeladen!«
»Toll!«, freute sich Lilly für sie.
»Und am Weg dorthin ist mir ein Spanier zugelaufen, der nicht anzubringen war. Der hat mich dann auch noch nach Spanien eingeladen!!«
»Du reist ja eh gerne!«, erwiderte die Freundin scherzhaft.
»Der Spanier ist aber schon älter, sicher so um die vierzig. Er ist Gynäkologe und ich finde ihn eigentlich nicht sonderlich sympathisch. Andererseits man kann immer Adressen von Leuten im Ausland brauchen, wenn man unterwegs ist. Spanien ist cool.«

»Ja, aber der Typ! Gynäkologe und älter!! Das klingt irgendwie spießig!«

2

Carlos fuhr zurück nach Spanien.

Finja verbrachte die nächsten Monate in Aachen, wo sie ein neues Engagement als Schauspielerin angetreten hatte.

Im November dann, rief Carlos das erste Mal an. Am Apparat war Finjas Mutter. Sie erklärte sich freundlich bereit, ihrer Tochter auszurichten, dass er voraussichtlich Ende November nach Wien komme und hoffe, Finja bei dieser Gelegenheit wiederzusehen.

»Triff dich doch mit ihm!«, sagte Finjas Mutter aufmunternd. »Endlich mal ein richtiger Mann!«

»Ich weiß nicht so recht«, meinte Finja, »aber ich wollte ohnehin meine Freundin Lilly sehen.«

»Ach Kind, du bist so achtlos im Umgang mit deinen Verehrern. Irgendwann wird dir das noch leidtun!«

»Verehrer!«, sagte Finja und verdrehte die Augen, »Verehrer sagt heute kein Mensch mehr.«

Einige Wochen später telefonierten sie miteinander. Am Ende des Gesprächs, erklärte sich Finja etwas halbherzig einverstanden, nach Wien zu kommen.

Sie fuhr zunächst für eine Woche nach Wien, zu ihrer Freundin und die beiden Mädchen hatten sich viel zu erzählen.

Im Laufe dieser Tage ging Finja drei Mal mit Carlos aus und am dritten Abend verbrachte sie mit ihm eine Nacht.

Eine Nacht ohne Bedeutung;

nicht gut; nicht schlecht; nicht wichtig.

Er aber sagte danach selbstzufrieden zu ihr:

»Weißt du, in diesen gynäkologischen Fachzeitschriften steht ja immer, dass es beim ersten Mal nie klappt. Aber ich wüsste nicht, was da bei uns nicht geklappt haben sollte.«

In dieser Nacht wachte er auf und wunderte sich, wie tief und friedlich dieses Mädchen in dem fremden Hotelbett schlief.

»Hm! Man muss wohl ein sehr reines Gewissen haben, dass man so tief schlafen kann«, ging es ihm durch den Kopf.

Dann setzte er sich auf und betrachtete sie eingehend und ungestört ...

»Ein Gesicht wie ein Engelchen«, dachte er, »mit diesen rötlichblonden Locken ... «

»Warum verunstaltest du eigentlich deinen Körper mit diesem Kleid?«, fragte er sie am nächsten Tag beim Frühstück. »Du hast wunderschöne Brüste, aber dieses Kleid macht vorne alles ganz flach!«

Finja legte keinen Wert darauf, ihre Brüste zur Schau zu stellen. Ganz im Gegenteil.

Am Theater war sie Kinderdarstellerin und es kam für diese Rollen sehr gut an, wenn sie möglichst wenig Oberweite hatte ... Und möglichst wenig Gewicht.

Echte Kinder waren in professionellen Produktionen meistens mühsam. Da musste zum ersten ständig eine erwachsene Begleitperson anwesend sein ... Ab einer gewissen, fortgeschrittenen Uhrzeit, durften sie dann auf Grund von Jugendschutzbestimmungen nicht mehr proben ... Und auch sonst gab es viele spezielle Auflagen, die den allgemeinen Arbeitsablauf behinderten.

Daher war eine erwachsene Person, die optisch als Kind durchgehen konnte, ein äußerst gefragter Glücksfall.

»Mir gefällt dieses Kleid«, sagte Finja reserviert. »Man muss nicht immer alles zeigen, was man hat.«

»Ich versteh' dich oft nicht«, murmelte er kopfschüttelnd, »aber das macht nichts. Ich mag dich einfach sehr gerne ... Du löst irgendetwas in mir aus, nach dem ich eine ganz tiefe Sehnsucht habe. Vielleicht gerade, weil du so anders bist ... «

Und dann fragte er sie plötzlich:

»Wann kommst du zu mir nach Spanien?«

»Ich weiß nicht«, sagte sie. »Mein derzeitiges Engagement läuft noch bis Ende Februar. Dann habe ich erst im Mai wieder ein paar Vorstellungen, die ich noch abspielen muss.«

»Na, dann komm doch in der Zwischenzeit zu mir!«, schlug er schnell vor. »Du wirst sehen, ich werde dich in Spanien glücklich machen!«

Und dann sah er ihr tief und bedeutsam in die Augen und sagte noch einmal:

»Ich werde dich in Spanien glücklich machen!«

3

Zu Weihnachten rief Carlos bei Finja an.

»Ich freue mich wirklich sehr, deine Stimme zu hören! ... Fröhliche Weihnachten, Finja! Ich denke oft an dich ... Wann kommst du endlich zu mir nach Spanien? ... Also, ich bin jetzt noch beruflich in den USA und komme voraussichtlich Anfang März zurück.«

Sie einigten sich auf Mitte März.

Finja fuhr nach Spanien mit dem Zug. Das war damals, 1981, eine sehr lange Fahrt. Drei Tage und zwei Nächte lang. Sie hatte viel Zeit nachzudenken. Und immer wieder regten sich in ihr Zweifel ... Eigentlich mochte sie ihn ja gar nicht. Er war so gesetzt, so spießig. Er verkörperte genau das, was sie und ihre Freunde ablehnten. Warum also fuhr sie dann zu ihm?

Finja freute sich auf *Spanien*. Sie war einmal auf einer Interrail-Reise für einige Tage in Barcelona gewesen und die ungewohnte Herzlichkeit der Menschen hatte sie berührt. Auch wenn sie mit ihnen kaum sprechen konnte und eigentlich fast gar nichts über Spanien wusste.

Dennoch hatte Spanien ihr damals einen bleibenden Eindruck hinterlassen. Das war ein Land, wohin man gerne wiederkommen möchte – irgendwann – Und jetzt ergab sich die Gelegenheit.

Vielleicht waren Begegnungen ja Bestimmung.
Und vielleicht hatte ihre Mutter ja doch irgendwie Recht, wenn sie sagte, *so* ein Mann könne einem Sicherheit geben, im Leben. Was, wie ihre Mutter oft betonte, nicht zu verachten sei.
Carlos schien sie sehr zu mögen. Vielleicht war da ja doch etwas Besonderes zwischen ihnen und sie brauchte nur etwas mehr Zeit, um es zu erkennen.

Einen ganzen Tag lang fuhr Finja durch endlose, regengrüne Orangenplantagen an der Riviera. In der Nacht war es kalt und sie verkühlte sich ein wenig. In der Morgendämmerung ratterte der Zug durch die Pyrenäen und in den Bergen lag tiefer Schnee. Dann aber wurde es innerhalb weniger Stunden Frühling und das Weiße auf den Bäumen waren jetzt die Blüten der Mandelbäume.
Kinder winkten dem Zug.
Gegenüber von Finja saß eine Frau mit einem kleinen Jungen auf dem Schoß. Plötzlich sprang sie auf, hob das Kind hoch und begann aufgeregt zu rufen:
»Sieh nur Pablito, dein Dorf! Das ist dein Dorf, durch das wir jetzt fahren! Dein Dorf! Deine Erde!« Und sie deutete begeistert mit den Hän-

den nach draußen und ihre Stimme überschlug sich.

Diese Menschen mussten ihre Heimat wohl sehr lieben, dachte Finja und es ging ihr durch den Kopf, dass sie sich eigentlich nirgendwo zuhause fühlte. Sie war immer die Andere. Die Fremde. Die, die nicht dazugehörte. Und es schmerzte sie, dass es nirgendwo auf der Welt einen Ort gab, dem sie sich so sehr verbunden fühlte, wie diese Frau … Das musste ein schönes Gefühl sein …

»Mi Pueblo! Mi tierra!«, sagte die Frau jetzt auch zu ihr und deutete stolz nach draußen.

»Sehr schön«, sagte Finja lächelnd und beobachtete das Baby, das mit kurzsichtigen Augen versuchte, sein Dorf zu fixieren, während ihm die Spucke aus dem Mäulchen lief.

Als Finja dann zuletzt in Madrid ankam, war sie sehr müde und ziemlich verschnupft. Und auch ihr Hals schmerzte inzwischen ein wenig.

Sie überlegte unschlüssig, wohin sie gehen sollte, während die dichte Menschenmenge sie ungefragt in Richtung Bahnhofshalle schob.

Zunächst war Carlos nirgendwo zu sehen … Aber dann plötzlich hörte sie ihn rufen:

»Finja! Bleib stehen!« Als der Strom der Reisenden spärlicher wurde, gelang es ihm endlich, zu ihr zu kommen.

»Herzlich willkommen in Spanien!«, sagte er und nahm ihre Reisetasche. »Ich hoffe, du freust dich ein bisschen, hier zu sein?«

»Ach Carlos! Ich bin todmüde!«

»Wir fahren jetzt in das Apartment meiner Mutter«, erklärte er. »Die hat hier in Madrid eine ganz kleine Wohnung. Und dann wirst du dich heute Nacht ordentlich ausschlafen und morgen sieht die Welt schon wieder ganz anders aus!«

Die Wohnung der Mutter war wirklich winzig und hatte etwas von einem niedlichen Hamsterkäfig. Kochecke. Toilettenecke. Essecke. Und dazwischen so wenig Platz, dass man sich kaum umdrehen konnte … Wobei der Essbereich auch noch, bei Bedarf, als Schlafecke dienen konnte.

»Da staunst du!«, sagte er und klappte das in der Wand befindliche Bett mit großer Geste auf.

Finja nahm zunächst an, dass seine Mutter wohl sehr arm sein musste. Aber im Lauf des Abends erfuhr sie, dass diese Frau zwei Zinshäuser besaß.

»Sie wohnt nur deshalb so bescheiden, weil sie ja hier nur schläft. Natürlich könnte sie auch ganz bei meiner Schwester wohnen, aber ein Mindestmaß an Eigenständigkeit will sie sich halt doch bewahren. Zudem gibt es weniger zu putzen in einer kleinen Wohnung. Aber weißt du, im Prinzip verbringt sie den Großteil der Zeit bei den Enkelkindern. So hat meine Schwester Hilfe und meine Mutter eine Beschäftigung. Insofern ist diese Situation gut für beide Seiten.«

»Legen wir uns ein bisschen nieder«, sagte Carlos dann und zog Finja zum Bett.
Sie war sehr müde und hätte jetzt alles dafür gegeben, ein wenig allein zu sein. Einfach ein bisschen zu schlafen und dann zu baden, nach der dreitägigen Reise.
Er aber legte sich zu ihr und begann sie auszuziehen. Sie war zu müde, um ihn abzuwehren. Zu erschöpft, um mit ihm zu diskutieren. Sie fühlte sich seltsam schwebend … So, als wäre sie nicht ganz in ihrem Körper. Finja beobachtete benebelt, wie er mit ihr schlief, als wäre sie jemand anderer ...
Danach erlaubte er ihr endlich zu schlafen.
»Ich werde jetzt deine Mutter anrufen«, sagte Carlos, »damit sie sich keine Sorgen macht.«
»Ja hallo! Guten Abend, gnädige Frau! Die Finja ist jetzt hier bei mir«, hörte sie ihn im Halbschlaf sagen. »Sie ist gut in Madrid angekommen und schläft jetzt! … Sie brauchen sich wirklich keine Sorgen machen!«

Nach einem kleinen Schläfchen, zeigte er ihr die Dusche.
Finja genoss das warme Wasser auf der Haut.
Das Brennen in den Augen wurde dadurch besser und sie atmete wieder freier. Entspannt lehnte sie

sich gegen die Wand der Dusche und breitete die Arme aus.

Plötzlich wurde ihr schlagartig bewusst, dass er sie beobachtete. Sie drehte sich langsam um und durch eine Trennwand aus Glas und Wassertropfen sahen sie sich an. Dann kam er langsam näher und öffnete die Tür der Dusche.

»Lass mich dich einmal richtig ansehen«, sagte er … Und mit einem anerkennenden Kopfnicken fügte er hinzu: »Mir gefällt, was ich sehe.«

»Schauen wir mal nach, was meine Mutter im Kühlschrank hat«, meinte er danach. »Hm, viel ist es nicht, aber ein bisschen Brot und Wurst ist noch da.«

»Ich esse keine Wurst«, sagte Finja. »Ich bin Vegetarierin.«

»Wir könnten ja noch was essen gehen, aber du hast jetzt nasse Haare!«

Sie blieben in der winzigen Wohnung. Finja sah ihm zu, wie er einen kleinen Käfer, der wackelig über den Tisch lief, demonstrativ mit dem Daumen zerquetschte.

»So, jetzt ist er tot! Es war seine Bestimmung, von mir getötet zu werden!«, sagte Carlos wichtig und Finja dachte befremdet:

»Oh Gott! Was für ein unsympathischer Wichtigtuer!«

Sie würde auf keinen Fall längere Zeit bei diesem Mann bleiben. Nur bis morgen früh …

Am nächsten Tag aber, weckte er sie sehr zärtlich …
Danach führte er sie charmant und aufmerksam durch Madrid. Da er wusste, dass sie auch Malerin war, brachte Carlos Finja in das größte Museum der Stadt, wo es sehr alte Bilder zu bestaunen gab. Dunkle Gemälde mit wachsblassen Gesichtern. Irgendwie Zeugnisse einer düsteren Zeit …

Am Abend ging er ihr dann wieder auf die Nerven. Für sie, die aus dem Winter nach Spanien gekommen war, fühlte sich die Temperatur recht mild an … Er hingegen war der Ansicht, es sei kühl.
»Zieh die Jacke an!«, sagte er bestimmend.
»Mir ist nicht kalt!«
»Zieh sofort die Jacke an. Du bist ohnehin verkühlt! Ich will jetzt keine Widerrede hören!«
»Behandle mich nicht wie ein Kind!«, sagte sie genervt. »Ich weiß selbst, wann mir kalt ist!«
Sie erinnerte sich wieder daran, dass sie eigentlich hier weg wollte. Auch wenn er hin und wieder einen netten Moment hatte. Letztlich war er ihr unsympathisch. Also – Nichts wie weg hier! Am besten jetzt gleich.
»Wo ist meine Tasche?«, fragte sie.

»Warum?«

»Weil ich jetzt gehe! Ich mag dich einfach nicht! Und ich will nicht eine Minute länger mit dir zusammen sein!«

»Ach Kindchen, was hast du denn schon wieder?«, sagte er und betrachtete verblüfft ihren trotzigen Gesichtsausdruck. »Sei doch nicht so stur. Deine Tasche ist schon in meinem Auto; und du gehst nirgendwohin. Schließlich habe ich deiner Mutter versprochen, mich gut um dich zu kümmern!«

Und dann sagte er:

»Komm, wir fahren jetzt los. Es ist ziemlich weit und der letzte Teil der Strecke ist schwierig zu fahren, weil die Straße durch das Gebirge geht. Da muss man immer auch mit Muren rechnen. Hier regnet es zumeist monatelang nicht und die Erde wird wie Keramik. Und wenn der Regen endlich kommt, kann die Erde ihn nicht mehr aufnehmen und es ist alles überflutet. Sobald das Erdreich aber mit Wasser vollgesogen ist, gibt es nach und rutscht ab und dann muss man wieder tagelang den Schlamm wegräumen, der die Straßen blockiert. Und in den Bergen regnet es um diese Jahreszeit häufiger.«

Widerwillig nahm Finja im Auto Platz …

»Sobald ich an meine Tasche herankomme, bin ich weg«, dachte sie. »Irgendwann muss der ja auch schlafen und dann schleiche ich mich davon.«

Sie fuhren viele Stunden auf der Autobahn und die Landschaft fegte vorbei, wie ein Film im Schnelldurchlauf.
Irgendwann in der Nacht, war die Autobahn zu Ende und sie fuhren auf einer gewundenen, kleinen Straße weiter …
Irgendwo in den Bergen hielt er plötzlich an.
»Ich muss kurz austreten«, sagte er und stieg aus.

Nach einer Weile kam er zurück und öffnete die Wagentür:
»Komm raus, ich will dir was zeigen!«
Sie kletterte aus dem Wagen und folgte ihm. Der Himmel war unglaublich tief und die Sterne riesig. Sie blickte hoch und ihre Seele öffnete sich. Sie hatte noch nie so große Sterne gesehen …
Irgendwie atemberaubend. Irgendwie magisch.
Er legte seinen Arm um sie und nützte den Zauber des Augenblicks.
»Jetzt sind wir schon in Andalusien!«, sagte er.
»Hier in Andalusien ist alles viel klarer und intensiver. Und nirgendwo sonst in Spanien ist der Sternenhimmel so schön. Es gibt sogar eine richtige Sternwarte hier in der Nähe!«
Und dann küsste er sie unter diesem Himmel und plötzlich schienen sich all die Sterne um sie beide zu drehen.

In ihr drehte sich immer noch alles, als sie weiter fuhren.

»Zieh die Jacke an, es ist frisch«, sagte er wieder. Ihr war immer noch nicht wirklich kalt, aber sie wollte diese Stimmung nicht zerstören, die da gerade zwischen ihnen aufkam. Und deshalb schlüpfte sie in die Jacke, die er ihr hinhielt.

4

Am nächsten Tag erreichten sie gegen Mittag die Costa del Sol.

»Wir müssen als erstes nach Malaga«, sagte er. »Ich muss nachsehen, was sich in der Praxis angesammelt hat.«

… Danach steuerte er eine typisch spanische Tapasbar zum Essen an.

Die fremde Sprache schwirrte in allen Lautstärken und Tonlagen um Finja herum. Sie verstand kein Wort und die vielen, fremden Laute, gemischt mit der ungewohnten Wärme, die hier im März schon herrschte, verursachten ihr ein leichtes Schwindelgefühl. Finja fühlte sich von dieser Wärme ungewohnt satt und sie aß nur einen Salat. Carlos hingegen bestellte ein komplettes Menü und schwärmte:

»Mmm, das ist Gazpacho, das musst du unbedingt probieren. Das ist auch vegetarisch. Weißt du, das ist eigentlich nur eine kalte Tomatensuppe, die man durchaus auch im Mixer machen kann. Aber es ist auch noch Essig drinnen und dadurch schmeckt das angenehm frisch an heißen Tagen.«

»Vielleicht ein andermal«, sagte sie, aber er bestand darauf.

»Koste jetzt wenigstens!«

Sie schluckte den Löffelvoll, den er ihr vor den Mund hielt.

»Ja, gut«, stimmte sie höflich zu.

»Siehst du!«, sagte er mit einem breiten Grinsen und schob ihr den Teller hin.

»Iss sie auf! Ich bekomme ja jetzt noch den Hauptgang.«

Eigentlich war sie kein großer Fan von Tomatensuppe.

»Geht das schon wieder los«, dachte sie irritiert. … Aber sie schwieg, weil sie ihn nicht verärgern wollte.

Er brachte sie dann in sein Apartment in Torremolinos.

Der Einzelraum war leer, bis auf ein großes Bett, das etwas aufdringlich in der Mitte thronte.

»Ja, das sieht hier noch ein bisschen unfertig aus«, meinte er entschuldigend. »Aber ich habe das Apartment eben erst gekauft und mein Bruder hat das nebenan. Du kannst mir ja vielleicht helfen, es einzurichten. Ich muss immer so viel arbeiten, dass ich für sowas keine Zeit habe.«

»Ich hab' gedacht, du wohnst am Meer«, sagte Finja etwas enttäuscht, als sie nichts als große Bettentürme vom Balkon aus sah.

»Weißt du, in der Wohnung am Meer ist gerade meine Schwester mit ihrer Familie zu Besuch. Aber in ein paar Wochen fährt die wieder nach

Madrid zurück und dann kannst du gerne dorthin übersiedeln.«

»Komm!«, sagte er dann, während er Finja mit sanftem Griff in Richtung der Liegestatt schob. »Lass uns das Bett einweihen! Das Bett ist neu!«, fügte er hinzu und während sie sich liebten, flüsterte er bedeutsam: »Da hat noch niemand drin geschlafen! Nur du.«

...
»Wirf dir kurz was über und komm mit!«, sagte er nachher geheimnisvoll zu ihr. »Ich zeig dir jetzt was ganz Tolles!« Sie fuhren mit dem Lift in die oberste Etage des hohen Gebäudes. Dann stiegen sie noch ein paar Stufen nach oben, bis zu einer kleinen Blechtüre, die etwas versteckt gelegen war und aufs Dach führte.
»Da ist angenehmer Weise immer offen«, versicherte er, »und da kann man sich nackt sonnen. Dann wird man überall nahtlos braun, ohne diese hässlichen Zivilisationsstreifen ... Komm! Legen wir uns noch ein bisschen in die Sonne. Weißt du, die Sonne ist sehr gesund und tankt alle Energien im Körper wieder auf. Du wirst schon noch sehen ... «

Eine Zeitlang lagen sie schweigend nebeneinander. Sie hielt ihre Augen geschlossen, weil die Sonne sie blendete.

Sein Blick glitt aus den Augenwinkeln unauffällig über ihren Körper und was er sah, erregte ihn.

»Komm!«, sagte er nach einer Weile, »Lieben wir uns hier auf dem Dach!«

»Aber wenn jemand kommt! Die Tür ist doch nicht versperrt!«, meinte Finja zögernd.

»Das lass meine Sorge sein«, sagte er lächelnd und zog sie an sich.

Plötzlich war da eine riesige Wolke von fliegenden Insekten. Sie schwärmten wie Bienen und manche fielen zu Boden und krochen dort herum. Finja sprang zunächst hoch und schüttelte die Plagegeister hektisch mit der flachen Hand ab. Dann aber beugte sie sich neugierig nach vorne, um genauer zu sehen, was das für Tierchen waren. Plötzlich rief sie erstaunt.

»Carlos! Das sind ja Marienkäfer!«

»Wirklich?« fragte er. »Ich kenne mich mit dem Getier nicht so aus. Beißen die?«

»Nur wenn man sie zu viel festhält und sie sich eingesperrt fühlen!«

Finja lachte über seinen zweifelnden Gesichtsausdruck.

»Bei uns bringen Marienkäfer Glück«, sagte sie fröhlich. »Aber sie sind eher selten und man sieht nur hin und wieder einen Einzigen. Vielleicht auch mal zwei oder drei an einem Tag. Aber nicht ganze Schwärme! Ich hätte niemals für möglich gehalten, dass die in solchen Massen auftreten können! Das ist schon beeindruckend!«

»Sie kitzeln unerträglich, so viel ist sicher!!«, stöhnte Carlos, während er einige Käfer abschüttelte.

…

»Hm! Und die bringen also Glück?«, fragte er, während er den Kopf abwägend hin und her wiegte.

Und dann sagte er bedeutsam, während er seinen Blick über den unübersichtlichen Marienkäferschwarm streifen ließ:

»Das hier wäre dann aber eine Menge Glück! Eine Menge Glück für uns beide!«

5

In den folgenden Wochen liebten sie sich jede Nacht. Und jeden Morgen. Und am Nachmittag zumeist auf dem Dach.

»Von zwei bis fünf ist hier in Spanien Siesta-Zeit«, sagte er. »Weißt du wozu die Siesta gut ist?«

»Ja, um während der Mittagshitze zu schlafen«, antwortete sie.

»Nein, nein«, sagte er überlegen lächelnd, »das ist ganz anders …

Also: Mittags isst man hier in Spanien erst einmal ein mehrgängiges Menü. Weißt du, um zwei sind einfach alle Leute beim Essen und danach zieht man sich in die Schlafräume zurück. Die Kinder und die alten Leute machen dann ihr Mittagsschläfchen.

Aber wer nicht zu jung und nicht zu alt ist, nützt diese Zeit für die Liebe.

In der Nacht geht man hier zumeist lange aus und in der Früh sind wir Spanier oft noch müde. Und wenn man Kinder hat, dann wachen die morgens meist vor den Eltern auf und die häusliche Atmosphäre ist um diese Zeit viel zu unruhig.

Aber um die Siesta-Zeit ist alles perfekt … Und außerdem: Für einen Mann, der gerade eine sehr intensive Beziehung zu einer Frau hat, ist es unzumutbar, den ganzen Tag zu warten. Er denkt ja dann nur noch an diese Frau. Und darunter leidet die Qualität seiner Arbeitsleistung ... So er aber weiß, dass bald die Siesta kommt, verkürzt sich die Wartezeit auf ein erträgliches Maß ... Und danach sind die Männer wieder wie neugeboren und arbeiten auch viel besser!!

Selbst in latinischen Dritte-Welt-Ländern schätzen sie die Siesta. Dort lebt ja die ganze Familie oft in einem einzigen Raum, wo sie nachts alle schlafen.

Aber zu den Siesta-Zeiten wird die Familie erst einmal gut gefüttert. Dann werden die Kinder zum Spielen auf die Straße geschickt ... Oma und Opa werden im Schaukelstuhl vor das Haus geparkt ... Und zuletzt geht der Vorhang zu!

Die Erwachsenen widmen sich dann ungestört der Liebe. Und alle anderen wissen, dass sie jetzt so lange nicht reingehen dürfen, bis der Vorhang wieder offen ist.

Die Frauen beobachten auch eifersüchtig, wo die Männer die Siesta-Zeit verbringen ... Weil, wenn der Mann zu den Siesta-Zeiten nicht mehr nachhause kommt, dann hat er wahrscheinlich anderswo eine Geliebte.«

»Interessant«, sagte Finja, »so hab' ich das noch nie erklärt bekommen!«

»Siehst du! Allmählich weihen wir dich hier in unsere Geheimnisse ein. Das ist Spanien!«, sagte Carlos.

...

Irgendetwas geschah in den nächsten Wochen. Finja wusste nicht so genau was. Aber Andalusien nahm sie gefangen.

Finja verliebte sich zunächst in dieses Land. Und dann, am Ende von einigen Wochen, verliebte sie sich auch in Carlos ... Weil er ein Teil war, von diesem Land.

Da sie mit niemandem außer ihm sprechen konnte, staute sich in ihr die Sprache und sie fing an, Gedichte zu schreiben.

Ihre Verse waren von überschäumender Bildkraft, Bilder, die ihre Gefühle in immer neuen Metaphern spiegelten.

Er hatte es gern, wenn sie ihm vorlas.

»Te quiero, mi amor«, sagte er dann oft zu ihr.

»Ich wünschte, ich hätte so viel mehr Zeit für dich. Ich träume davon, eines Tages mit dir auf einer einsamen Insel zu leben ... Den ganzen Tag lang Zeit für die Liebe ... Es ist doch letztlich nichts anderes wichtig! ... Und ich könnte den Eingeborenenfrauen helfen, ihre Babys zu bekommen ... Das wäre schön ... Weißt du, es ist so berührend, wenn man sieht, wie Mütter ihre neugeborenen Kinder ansehen. Das ist ein Blick, den kann man nicht beschreiben ...

Und dann könnte ich endlich meine Memoiren verfassen!

Und du schreibst mir immer neue Verse ...

Wir könnten so glücklich sein, ohne all das hier.
Aber noch bin ich nicht so weit ...
Hier bin ich jetzt hauptsächlich in der Familienplanung tätig. Mit Hilfe der sozialistischen Partei, machen wir überall diese Familienplanungs-
zentren auf, damit die Frauen nicht mehr so viele
Kinder bekommen müssen.
Mit der Geburtshilfe ist leider kein Geld zu verdienen. Die Arbeit ist sehr anstrengend, denn du
musst zu jeder Nachtzeit raus, wenn das Baby
kommt. Und die kommen immer zu den unmög-
lichsten Zeiten!
Aber mit der Familienplanung kann man hier
sehr viel Geld verdienen.«

Und dann schob er seine Uhr zurück, sodass sie
den weißen Streifen unter dem Armband sehen
konnte und sagte:
»Wenn dieser Streifen einmal braun wird, dann
bin ich frei.«

6

Eine Woche später, machten sie einen Ausflug nach Cádiz.

»Unterwegs fahren wir in Jerez de la Frontera vorbei. Weißt du, dort bin ich geboren. Und ich möchte, dass du den Ort siehst, wo ich geboren wurde«, sagte Carlos tiefsinnig. »Und auf dem Weg dorthin, kommen wir noch an einem anderen Ort vorbei, den ich dir unbedingt zeigen möchte. Ich hoffe, du findest das nicht sonderbar von mir, aber es gibt da so einen ganz unglaublich romantischen Friedhof … «

…

»Wir gehen jetzt auf diesen Hügel hoch«, kündigte er an, nachdem er das Auto abgestellt hatte. »Und du wirst sehen, dieser Platz ist wirklich wunderschön! Von da oben hat man einen ganz wunderbaren Ausblick auf das Meer!!«

Carlos legte seinen Arm um Finjas Schultern und sie kletterten schweigend die steilen Stufen aufwärts.

»Na! Hab' ich dir zu viel versprochen?«, fragte er, als sie oben ankamen. »Hier möchte ich einmal begraben werden!«, sagte er dann ohne ihre Antwort abzuwarten. Finia schwieg etwas betreten. Carlos zog sie an sich und umarmte sie innig. »Es bedeutet mir viel, mit dir hier zu sein«, sagte er dann. »Dieser Ort ist so friedlich. Ich kann mir keinen schöneren Platz vorstellen, an dem ich ewig ruhen möchte!«

Eine Zeitlang gingen sie eng umschlungen zwischen den Gräbern spazieren und küssten sich.
Dann kletterte Finia übermütig auf die Friedhofsmauer hoch und ging mit ausgebreiteten Armen balancierend rundherum. Plötzlich sah sie da unten einen Raum, wo eine große Ansammlung von Schädeln und Knochen auf einem Haufen lagen.
»Was ist das? Das ist ja gruselig!«, rief sie erstaunt.
»Das ist ein Beinhaus!«, erklärte Carlos. »Da kommen die Knochenüberreste der aufgelassenen Gräber hin. Bei diesem Klima hier muss man das nicht überdachen, sondern man lässt die Knochen einfach an der Sonne trocknen.«
»Ich will so einen Totenkopf haben«, rief Finja und sprang spontan von der Mauer nach unten, mitten in den Haufen hinein. Sie wühlte unter den Schädeln und wählte dann einen aus. »Fang mal, Carlos«, rief sie und warf ihr Souvenir nach draußen.
»Du spinnst!«, sagte er und sah sich besorgt nach allen Seiten um, während sie mit einiger Mühe versuchte, wieder herauszuklettern.
»Komm jetzt, schnell, wenn uns hier jemand sieht!!«, rief Carlos besorgt.

Schließlich schaffte Finja es, sich wieder aus dem Beinhaus zu befreien, indem sie alle Knochen auf *eine* Seite räumte und übereinander türmte. So konnte sie hoch genug hinaufsteigen, um den Rand der Mauer wieder zu erreichen und sich hochzuziehen. Sie sprang nach unten und lachte.

»Das ist ein Kopf von einer Frau«, sagte Carlos. »Ungefähr 35 Jahre alt. Was willst du denn damit machen?«

»Ich kann den gut brauchen, zum Zeichnen«, erklärte Finja.

»Du bist schon verrückt!«, meinte er. »Stell dir mal vor, ein Zöllner findet dieses Stück in deinem Koffer! … Ich hoffe nur, die verhaften uns dann nicht und glauben womöglich, wir haben jemanden umgebracht!«

Sie fuhren weiter nach Cádiz, an einen wunderschönen, wildromantischen Strand.

Der Sand war glühend heiß und Finjas Füße schmerzten, sooft sie den Boden berührten. Also lief sie schnell zum Wasser voraus, um sich abzukühlen.

Dann kam Carlos souverän lächelnd auf sie zu, und während er sie umarmte öffnete er mit einem geübten Griff das Bikinioberteil und nahm es ihr weg.

»Das brauchst du jetzt nicht. Hier geht man oben ohne«, sagte er.

Anfangs fühlte sich Finja etwas nackt, aber dann sah sie eine andere Frau, die ganz selbstverständlich mit unverhüllten Brüsten am Strand spazieren ging.

So entspannte sie sich wieder und eine Zeitlang lagen sie im feinen, weißen Sand und hörten den Wellen zu. Dann setzte er sich auf und sah auf die Uhr.

»Ich will jetzt da nach vorne gehen«, sagte er. »Da soll ein Kabel vergraben sein. Durch dieses Kabel geht ein großer Teil aller Informationen zwischen Europa und den USA. Ich will warten, bis der tiefste Wasserstand der Ebbe erreicht ist und dann schauen, ob man im Wasser etwas davon sieht. Du kannst dich inzwischen hier noch ein bisschen sonnen. Das ist gut für deine Haut.«

»Man sieht nicht viel«, berichtete er, als er zurückkam. Er setzte sich wieder zu ihr und streichelte ihre Haare.

»Schön ist dieser Strand!«, sagte er. »Was will man eigentlich mehr! Und teilweise ist es auch noch wirklich einsam und idyllisch, so wie früher, in meiner Kindheit. Aber selbst hier gibt es jetzt schon einzelne Hotels.

Inzwischen sind die meisten unserer Küsten viel zu voll. Und die einheimischen Menschen können oft nicht einmal mehr zum Strand gehen.

Dabei gibt es in Spanien per Gesetz keine privaten Strände!«, erklärte er ihr. »Die ersten zehn Meter vom Wasser weg sind öffentlicher Strand und den darf jeder betreten. Weiter hinten, das ist dann schon mehr der Privatstrand des Hotels. Weißt du und die Hotels wollen natürlich, dass möglichst wenige Leute den Zugang zum Strand finden. Früher haben sie einfach von der Straße her alles mit Zäunen abgesperrt. So konnten die Menschen, die hier seit Generationen lebten, plötzlich nicht mehr an ihre Strände heran. Dann wurde das verboten, aber die haben da so ihre Tricks.

Zum Beispiel pflanzen sie eine Hecke entlang des Weges. Und dort wo der Eingang ist, pflanzen sie eine zweite Reihe von der Hecke so versetzt, dass, wenn du davor stehst, der Eingang optisch nicht mehr sichtbar ist. Also, wenn du nicht weißt, wo sich das Schlupfloch befindet, entdeckst du es wahrscheinlich nie. So verhindern sie, dass allzu viele Menschen an den Strand direkt vor ihrem Hotel kommen.

Aber tatsächlich ist es öffentlicher Strand und der gehört dem Volk. Und es muss offiziell alle zwei Kilometer einen Zugang zum Strand geben.«

Finia besah sich fasziniert die Stelle, wo sich die Hecke wie durch Zauber öffnete.

»Es ist eine Schande was aus dieser Küste geworden ist«, fuhr Carlos dann fort. »All diese riesigen Betonbauten! Wenn man drinnen sitzt, hat man zwar eine schöne Aussicht, aber solche Gebäude verschandeln die ganze Küste. Und man bekommt sie nicht mehr weg. Da müsste man schon einmal um vier Uhr morgens mit Flugzeugen kommen und alles bombardieren. Dann könnte man noch einmal ganz von vorne beginnen.«

Auf der Rückfahrt aßen sie in einem chinesischen Restaurant, dessen Besitzer er flüchtig kannte. Carlos hatte die Gewohnheit, in Lokalen immer unaufgefordert die Küche zu betreten. Dort unterhielt er sich dann leutselig mit dem Personal und lugte vorwitzig in alle Töpfe, bevor er sich das beste Stück Fleisch auswählte und sicherstellte, dass es auf seinem Teller landen würde.

Der Chinese saß da und schaufelte mit einem großen Löffel seinen Reis in sich hinein.

»Oh! Isst du gar nicht mit Stäbchen?«, fragte Carlos erstaunt.

»Nein, Stäbchen waren nur was für die Hungerzeiten«, antwortete der Chinese. »Stäbchen waren praktisch dafür, dass die Leute nicht so schnell essen konnten und so die bescheidenen Mahlzeiten länger dauerten!« Und dann schaufelte er gierig weiter.

Seine Frau eilte beflissen herbei und hob stolz lächelnd die Deckel ihrer Kochtöpfe. Carlos wählte ein Gericht mit Reisnudeln und Gemüse für Finja und eine gebratene Ente für sich.

»Möchtest du Lychees zum Nachtisch?«, fragte er. »Das ist ein Obst, das irgendwie nach Blumen schmeckt. Probier mal!«

Sie aßen dann mehrere Portionen von dem Lychee Kompott, mit dem er sie hingebungsvoll fütterte und danach fuhren sie zurück zur Costa del Sol.

»Heute Nacht bleiben wir in meiner Wohnung am Meer«, sagte Carlos. »Meine Schwester ist schon wieder abgereist.«

Als sie den Balkon zum ersten Mal betraten, ging gerade die Sonne unter und der Himmel feierte das Ende des Tages in explosiven Farben. »Man kann hier wunderschöne Sonnenuntergänge sehen«, sagte Carlos, »und sie sind jeden Tag anders. Und da vorne, in der Ferne, diese Berge! … Das ist schon Afrika!!«

Sie standen eine Zeitlang still, bis das Abendrot verschwand und stattdessen die andalusischen Sterne begannen, aufzugehen.

»Ich liebe dich Finja«, sagte Carlos leise. »Ich liebe dich so sehr, dass es weh tut! Bleib bei mir! Ich will, dass du immer bei mir bleibst!«

»Ich muss im Mai zurück«, entgegnete Finja. »Ich habe noch einige Vorstellungen offen und

das kostet ein Vermögen, wenn ich die platzen lasse. Konventionalstrafe nennt man das.
Und außerdem heiratet meine Mutter, da muss ich auch da sein. Das ist am 19. Mai!«
»Aber danach kommst du wieder«, sagte er drängend. »Versprich es! Ich liebe dich! Und ich will dich hier in Spanien haben!«
»Ja«, sagte sie. »Ich komme wieder … «
Und dann küssten sie sich lange.

7

»Weißt du, Finja, ich bin kein typisch spanischer Mann«, versuchte er ihr zu erklären.
»Dazu habe ich zu lange im Ausland gelebt.
Ich war als sehr junger Mann im Widerstand gegen Franco tätig und wurde damals auch inhaftiert.
Meine Familie hatte gute Beziehungen. Schließlich war mein Vater General in Francos Armee.
Aber ich musste ins Ausland. Ich habe all die Jahre bis zu Francos Tod in Berlin gelebt. Zunächst machte ich eine Ausbildung als technischer Zeichner. Mit diesem Beruf, konnte ich mir immerhin das Medizinstudium finanzieren. Ich habe dann eine Deutsche geheiratet. Sie war Krankenschwester und ich habe mit ihr zwei Kinder. Die Tochter ist jetzt 16 und besucht hier in der Nähe die Deutsche Schule. Mein Sohn ist 12 und wurde schon hier eingeschult. Er kann inzwischen gar nicht mehr Deutsch. Wir sind jetzt geschieden, aber meine Exfrau lebt auch hier. Sie hat ein kleines Haus in Marbella.

Ich bin Mitglied der PSOE, das ist die sozialistische Partei Spaniens.
Wir leben hier in Spanien gerade in einer historischen Zeit. Wenn wir die Wahlen gewinnen, wird sich hier alles ändern. Gerade wird über einen Autonomiepakt verhandelt, der den Regio-

nen mehr Freiheiten geben soll. Mit einem lokalen Parlament, das über die örtlichen Belange weitgehend unabhängig von Madrid bestimmen kann.

Aber die Demokratie ist hier noch jung.

Kurz bevor du gekommen bist, gab es einen Putschversuch. Oberst Tejero hat mit zwei Hundertschaften der Guardia Civil das Parlament besetzt. Dabei hat er sozusagen die gesamte Regierung als Geisel genommen. Dies geschah, während die Wahl zum Ministerpräsidenten im Gange war.

Daraufhin rief der Befehlshaber der dritten Militärregion den Ausnahmezustand aus. In Valencia fuhren Panzer durch die Straßen und besetzten strategisch wichtige Punkte. Und während der gesamten Zeit, glaubten all diese Soldaten und Polizisten, dass es sich um einen geheimen Auftrag, auf Befehl seiner Majestät, des Königs, handelte.

Das Ganze flog dann doch noch auf.

Der König hielt im Fernsehen eine Rede, in der er die Soldaten aufforderte, den Einsatz abzubrechen. Und man gehorchte ihm! An diesem Tag hat der König die Demokratie gerettet. Es war auch beeindruckend, dass die Soldaten auf ihn hörten. Theoretisch ist der König zwar der oberste Befehlshaber der Streitkräfte, aber darauf kann man sich nicht verlassen. Tatsächlich hat es viele gewundert, dass er doch so viel Einfluss hat.

Aber wie du siehst, steht die Demokratie hier wirklich noch auf sehr wackeligen Beinen.

Dieses Land ist wunderschön, aber es hat viele Probleme«, fuhr Carlos fort. »Besonders, hier im Süden. Andalusien ist die größte Provinz und wir haben diese ursprünglich sehr schöne, aber jetzt durch den Massentourismus völlig zerstörte Küste und im Hinterland hauptsächlich arme Bauern. Für die muss etwas getan werden. Viele von ihnen sind auch Kommunisten«, erwähnte er und dann fuhr er fort:

»Ich habe vor, mich für die Neugestaltung Spaniens zu engagieren. Das bedeutet mir sehr viel.

Die ganze Welt ist nicht so, wie sie sein sollte. Die Reichen sind viel zu reich und die Armen viel zu arm. Da muss sich dringend etwas ändern.

Es würde mir viel bedeuten, wenn du das verstehst. Wenn du mir glaubst, dass ich letztlich wirklich ein Kämpfer für den Frieden und das Gute bin. Ich weiß, ich muss mich so viel unter diesen Menschen, die das Establishment verkörpern, bewegen, dass ich ihnen äußerlich immer ähnlicher werde.

Aber in meinem Herzen, bin ich auf der Seite des Volkes. Das allgemeine Gut ist das höchste Gut!« Und nach einer kleinen Atempause fügte er bestimmt hinzu: »Ich würde jederzeit dafür sterben, einen Diktator zu stürzen, der sein Volk ausbeutet!« …

...

»Ach ja, ich hab' ganz vergessen dir das zu sagen! ... Heute Abend wirst du meine Mutter kennenlernen. Sie ist bereits im Apartment meines Bruders und wir fahren jetzt zu ihr.«

Als Finja Carlos' Mutter zum ersten Mal sah, stand die betagte Frau mit einem Putzeimer zwischen den Beinen da und wusch mit geübten Bewegungen den Boden vor ihrer Wohnung auf. In den Händen hielt sie einen großen Fetzen, den sie gerade auswrang, als Finja und Carlos vor ihr stehen blieben.
Finja wunderte sich, wie unglaublich vornehm die alte Dame selbst bei dieser Tätigkeit aussah. Sie war von zierlicher Gestalt und ihr Gesicht zeigte, trotz der körperlichen Anstrengung, eine edle Blässe. Sie hatte eine sehr schmale Nase, grüne Augen unter hohen, runden Augenbrauen und braune, wellige Haare.
Die Mutter beendete ihre Arbeit schnell und kochte dann Kaffee. Dabei beschwerte sie sich bitterlich über den Zustand des Apartments.
»Du kannst doch hier nicht alles in diesem Zustand lassen!«, meinte sie anklagend zu ihrem Sohn. »Man muss doch endlich Lampen kaufen und vor allem Vorhänge.«

Carlos hatte in jahrelanger Erfahrung eine Technik entwickelt, wie er das Gespräch anderer Menschen weitgehend ausblenden konnte, denn er war zumeist in seine eigenen Gedanken vertieft. So ließ er seine Mutter reden und sagte schließlich nur:

»Mamá, no es importante; cortinas o no cortinas, no es importante; importante es el amor!!« (Gardinen oder keine Gardinen; das ist doch nicht wichtig. Wichtig ist die Liebe!!)

»Ach, du und die Liebe«, antwortete die Mutter und sah Finja prüfend an. Sie zog die Augenbrauen hoch und seufzte resigniert. Dann zuckte sie mit den Achseln und sagte:

»Ja, schönes Mädchen, sehr schön. Schöne Augen, schöner Mund, schöne Haare … «

Und im Anschluss begann eine längere Diskussion zwischen Mutter und Sohn, von der Finja kein Wort verstand. Aber es musste dabei irgendwie auch um sie gehen, da die Mutter immer wieder in ihre Richtung sah.

»Was sagt sie?«, fragte Finja.

»Ach nichts«, entgegnete Carlos. »Sie macht sich halt über alles Mögliche Sorgen. Und sie glaubt, dass du zu jung für mich bist.«

»Ich liebe dieses Mädchen!«, sagte er dann bestimmt zu seiner Mutter. »Und du wirst mich nicht davon abhalten!«

»Ach Gott, du und die Liebe!«, sagte die Mutter und schüttelte den Kopf.

Dann drehte sie sich um und sah Finja direkt in die Augen.

»Y tú, quieres a mi hijo?«, fragte sie.

»Sie fragt dich, ob du mich liebst«, übersetzte Carlos.

»Ja!«, sagte Finja. »Ich liebe ihn.«

»Siehst du!«, sagte er. »Und deshalb ist es nicht wichtig, ob da Vorhänge sind oder nicht und all der andere Kram ... Das hat Zeit ... Wichtig ist einzig und allein, die Liebe. Dafür lebt man! Und es gibt kein größeres Glück, als wenn einem solche Gefühle zuteilwerden ... Das ist das größte Geschenk im Leben.

Vorhänge, Lampen und ähnlicher Kram sind absolut zweitrangig.«

Sie unterhielten sich dann noch länger und er weigerte sich, zu übersetzen. (»Ach, sie sagt nichts Wichtiges!«)

Finja verstand die Worte zwar nicht, aber ihr war klar, dass seine Mutter ihm wegen irgendetwas Vorwürfe machte.

»Sie wird sich schon wieder beruhigen«, sagte er.

Während Carlos für eine Woche in die USA fahren musste, blieb seine Mutter im Apartment nebenan. Sie tranken des Öfteren Kaffee zusammen und die Mutter bemühte sich, ihr Spanisch beizubringen. Sie sprach sehr klar und sehr viel. Und da sich das, was sie zu sagen hatte, wiederholte, verstand Finja zunehmend, was sie meinte.

Einmal, bevor Carlos zurückkam, sagte die Mutter:

»Meine beiden Söhne lieben viele Frauen ... So waren sie immer schon. Das haben sie von ihrem Vater. Ich sage es dir nur, damit du nicht enttäuscht wirst. Denn du bist ein so hübsches, liebes Mädchen. Ich möchte nicht, dass du unglücklich wirst.«

Als Carlos zurückkam, erzählte Finja ihm von diesem Gespräch.

Er stand wortlos auf und ging nach nebenan.

Sie hörte, wie er seine Mutter anschrie.

Sie hatte ihn noch nie zuvor schreien gehört.

8

Finja liebte Carlos. Sie verstand die Andeutungen seiner Mutter, aber sie war deswegen nicht beunruhigt. Seine Mutter war eine Frau aus einer anderen Zeit, die ihre eigene Mutter noch Zeitlebens per Sie angesprochen hatte. Sie war auf Heirat und Kinder hin erzogen worden.
Finja hingegen wollte gar nicht heiraten. Es lag ihr fern, Carlos oder sonst irgendjemanden besitzen zu wollen. Finjas Mutter hatte ihr immer gepredigt, dass alles Leid in Beziehungen, seinen Ursprung im Egoismus der Menschen hätte. Dass man Menschen nicht besitzen könne. Und dass die Liebe frei sei. Ein Geschenk, gleichermaßen für den Liebenden und den Geliebten. Ein Wunder, auf das man keinen alleinigen Anspruch habe.

Finja war im goldenen Zeitalter der freien Liebe aufgewachsen, in jenen Jahren, als es schon die Pille, aber Aids noch nicht gab; und hiermit keinen ersichtlichen Grund, warum nicht jeder jeden lieben sollte.
Dazu gab es damals, besonders in den Künstlerkreisen, in denen sie sich bewegte, des Öfteren einen gewissen Zwang zur sexuellen Freiheit; junge Frauen machten da schon manchmal mehr mit, als sie wirklich wollten. Aber sie hätten das niemals zugegeben. Vor den anderen nicht; und

oft nicht einmal vor sich selbst. Man wollte schließlich kein Spielverderber sein; oder etwa von den anderen für spießig gehalten werden.

Es gab auch noch keine längerfristigen Erfahrungswerte mit diesem neuen, freien Lebensstil. Sex außerhalb der Ehe; Sex außerhalb von Zeugungsabsicht; Sex unter Gleichgeschlechtlichen; Sex mit Kindern. Das alles war damals gleichermaßen neu und stand auf derselben Stufe. Es war ein Experiment mit ungewissem Ausgang. Eine Zeit des Aufbruchs mit offenem Ende.

Viele Menschen waren glücklich, der körperfeindlichen Moral ihrer Erziehung entkommen zu sein und sie übertrieben es oft in die andere Richtung. Vieles von dem, was von diversen Gurus propagiert und in sogenannten Kommunen praktiziert wurde, war eher pseudo-frei. Aber zumeist wagte niemand, etwas zu sagen. Zum Teil gab es in diesen Kommunen Bettenpläne, die festlegten, wer wann mit wem schlafen sollte. So eine Frau es wagte, einen zugeteilten Partner abzulehnen, wurde sie sofort massiv angegriffen und unter Druck gesetzt. Es hieß dann, mit ihr wäre wohl etwas nicht in Ordnung, sie hätte noch bürgerliche Hemmungen in sich, die es zu überwinden gälte.

Oder, so die Kommune einen religiösen Hintergrund pflegte, interpretierte man sexuelle Verweigerung als Weigerung zu lieben. Und Liebe war schließlich das Gesetz Gottes! Es hieß dann, diese Frauen wären lieblos und egoistisch, weil sie ihren Körper nicht mit ihren »bedürftigen Brüdern« teilen wollten.

Und diese Idee, alles mit allen zu teilen, war damals sehr im Trend.

Eines Tages brachte Carlos seinen Bruder Rodrigo mit.

»Wir sind uns von Kindheit an sehr nahe«, sagte er. »Mein Bruder ist drei Jahre jünger als ich und ich habe ihn immer beschützt. Unser Vater war sehr streng und er hat nur unsere kleine Schwester geliebt. Wir Buben haben immer nur die Schläge abbekommen. Ich war immerhin der Älteste und du weißt ja, *einen* Sohn muss man hier haben. Dadurch hat er mir noch mehr Beachtung zukommen lassen. Aber mein Bruder war halt noch jünger und hatte es dadurch schwerer, die hohen Erwartungen unseres Vaters zu erfüllen. Ich habe oft seine Strafe auf mich genommen und dafür war er mir immer dankbar. Mein Bruder ist ein Genie im Umgang mit Geld. Wenn er eine Aktie kauft, wirft sie immer überdurchschnittliche Erträge ab. Aber du weißt ja, ›Glück im Spiel – Pech in der Liebe‹. Mein Bruder war nie der Typ, der leicht Frauen kennen lernt. Ich musste ihn da immer ein bisschen unterstützen. Mein Bruder und ich, wir haben keine

Geheimnisse voreinander. Und wir haben immer schon alles miteinander geteilt.

Weißt du, Finja! Ich hätte für heute Abend einen besonderen Wunsch.
Ich möchte, dass mein Bruder diese Nacht mit uns verbringt.

Finja! Ich liebe dich und du musst das nicht tun! Aber es würde mich sehr, sehr glücklich machen, wenn du ja sagst.«

Es war das erste Mal, dass Carlos Finja um etwas bat. Und Finja wollte ihm diese Bitte nicht abschlagen. Auch wenn sie keinerlei Wunsch nach körperlicher Nähe zu seinem Bruder verspürte.
Sie beherrschte eine Technik, wie sie sich solchen Situationen entziehen konnte. Sie zog sich einfach aus ihrem Körper zurück und beobachtete aus sicherer Distanz, was die Männer mit ihr anstellten. Es amüsierte sie beinahe, dass Carlos und sein Bruder den Unterschied gar nicht zu bemerken schienen. Aber sie war nicht involviert. Sie sah nur zu, wie ein Kind, das Erwachsene beim Sex beobachtet. Unbeteiligt; angewidert; und doch neugierig.
Diese ganz elementare, wertfreie Neugierde, war wohl ihre stärkste Triebfeder, alles zumindest *einmal* auszuprobieren.

Am Ende dieses Abends hielt Carlos Finja lange im Arm.

»Weißt du, die anderen Frauen sind immer so besitzergreifend und egoistisch«, sagte er nachdenklich, »aber du bist anders! Du bist alles das, wovon ich immer geträumt habe. Die Welt wäre um vieles besser, wenn alle Menschen so wären, wie du. Ich liebe dich, Finja und du hast mich heute Abend sehr glücklich gemacht. Ich werde dir das nie vergessen. Aber ich weiß, dass du das nicht wirklich willst. Du machst es nur für mich. Und deshalb werden wir es nicht wiederholen.

Ich werde meinem Bruder in den nächsten Tagen eine neue Freundin organisieren. Weißt du, das hat schon Tradition, er hat die meisten Frauen in seinem Leben durch mich bekommen.

Und dann gibt es in diesem Bett wieder nur uns beide!«

Carlos betrieb in verschiedenen Ortschaften an der Costa del Sol mehrere gynäkologische Praxen.

Einen besseren Ort, um Frauen kennenzulernen, konnte es kaum geben. Er hatte Einblick, in ihre intimsten Körperstellen und oft offenbarten sie ihm auch ihre Seele. Sie erzählten ihm von Misshandlungen. Von sexuellen Problemen. Von unerfülltem Kinderwunsch; oder von ungewollten Schwangerschaften.

Am vorigen Montag war eine Patientin in seine Praxis gekommen und er hatte gesehen, dass sie am ganzen Körper Narben von Stichverletzungen hatte. Auf seine Fragen gab sie zögernd an, dass ihr Mann ihr diese Wunden zugefügt hätte. Zur Bestrafung dafür, dass sie so hässlich und so wenig befriedigend sei. Er sei sehr religiös und würde sich selbst bestrafen, indem er eine so unattraktive Frau wie sie geheiratet hätte und ihr auch noch treu sei. Einmal hätte er sie so stark verletzt, dass sie in Panik aus dem Haus zu einer Freundin gerannt sei und dort auch übernachtet habe. Als sie am nächsten Tag nachhause kam, verwehrte ihr die Schwiegermutter den Zutritt. Man warf ihr »böswilliges Verlassen« ihrer Familie vor und verbot ihr künftig jeglichen Kontakt mit ihrem kleinen Sohn.

Der Rechtsanwalt macht ihr wenig Hoffnung. Sie sei Ausländerin, das Kind aber Spanier. Der Vater könne eine geregelte Betreuung durch seine Mutter vorweisen, sie hingegen würde ja nach der Trennung wieder arbeiten müssen. Man würde ihr keinesfalls erlauben, das Kind ins Ausland mitzunehmen, da wären die Chancen in ihrem Fall gleich null. Was er *ihr* angetan habe, stehe ja hier nicht zur Diskussion. Dem Kind gegenüber hätte er sich nichts zuschulden kommen lassen und nur darauf käme es beim Sorgerecht an. Sie sei außerdem von mehreren Nachbarn als hysterisch und psychisch instabil beschrieben worden, er hingegen von allen als höflich und respektabel. Man unterstellte ihr, sie würde sich vielleicht selbst mit dem Messer verletzten, um ihren Mann in Verruf zu bringen; oder vielleicht auch nur, um Aufmerksamkeit zu bekommen.

»Ich sehe, dass sie sich diese Verletzungen nicht selbst zugefügt haben«, sagte Carlos, »und wenn sie meine Unterstützung brauchen, bin ich jederzeit bereit, für sie vor Gericht auszusagen.«

Carlos verabredete sich einige Male mit dieser Frau; schlief mit ihr, sozusagen um sie auszutesten. Dann eröffnete er ihr, dass er schon eine Partnerin habe und daher nicht dauerhaft mit ihr zusammen sein könne.

»Weine nicht«, sagte er, »alles wird gut! Ich habe einen jüngeren Bruder, der Geschäftsmann ist; und der sucht gerade eine Freundin! Ich werde dich mit ihm bekannt machen.«

Als Finja den Bruder das nächste Mal sah, war er in Begleitung dieser Frau. Sie war Engländerin und so konnten sich die beiden Frauen unterhalten, während die Männer ihre Geschäftsangelegenheiten besprachen.

Finja beging an diesem Abend einen unverzeihlichen Fauxpas, weil sie sich in der Bar, die sie besuchten, zwischen Carlos und seinen Bruder setzte.

»Weißt du denn nicht, dass an der Bar die Frauen zusammen innen sitzen und die Männer außen?!«, sagte Carlos nachher tadelnd zu ihr. »So können sich sowohl die Frauen, als auch die Männer ungestört miteinander unterhalten. Das war wirklich sehr peinlich für mich, dass du dich da einfach zwischen uns gesetzt hast!«

»Also, wo ich herkomme, sitzen die Paare immer nebeneinander an der Bar damit man sich miteinander unterhalten kann«, entschuldigte sich Finja.

»Hier ist das anders!«, sagte Carlos. »Man unterhält sich nicht mit seiner eigenen Frau in der Öffentlichkeit.«

In den zwei Monaten, die sie bei Carlos verbrachte, lernte Finja auch noch andere Männer kennen.

Einen Franzosen, der gerade von seiner Frau verlassen worden war und einen Engländer, der seine Gattin durch einen Unfall verloren hatte.

Finja liebte Carlos. Dennoch bemühte sie sich gleichzeitig um eine gewisse Distanz, so als wolle sie sich selbst beweisen, dass er nicht »alles« für sie war.

Als Carlos noch einmal verreiste, brachte er zuvor einen Kollegen mit, der sich in der Zwischenzeit um sie kümmern sollte. Sozusagen einen »Frauensitter seines Vertrauens«. Der Kollege war aber, anders als der Bruder, ein Mensch, für den Finja durchaus eine gewisse Sympathie empfand und der ihr auch körperlich angenehm war. Sobald Carlos sich dieser Sachlage bewusst wurde, reagierte er sofort.

»Ich habe den Kontakt mit diesem Kollegen auf Grund persönlicher Differenzen abgebrochen. Deshalb wirst auch du ihn nicht mehr sehen«, teilte er ihr eines Tages mit.

Er hätte nie zugegeben, dass er eifersüchtig war. Nicht auf Männer, die Sex mit ihr hatten, aber auf jene, für die sie auch nur die geringste Zuneigung empfand.

Er erkannte sich selbst kaum wieder.

Plötzlich wollte er alles kontrollieren;

ihre Freundschaften;

ihre Sexualkontakte;

ihre Gedanken.

Und er wollte alle ihre Gefühle vereinnahmen; nur für sich allein.

»Ich will, dass du auch dann, wenn du mit anderen schläfst, immer nur an mich denkst«, flüsterte er ihr zärtlich ins Ohr, während sie sich liebten.

9

In der Osterwoche fuhren sie nach Sevilla. Es hatte seit über einem Jahr nicht geregnet und der Guadalquivir, der sonst wie eine Wasserader die Stadt durchzog, war schon lange ausgetrocknet. Da der Verlauf des Flusses aber zu einem großen Teil unterirdisch verlief, war es nicht möglich, das Flussbett zu reinigen. Die Fische waren verendet und über der ganzen Stadt lag ein penetranter Leichengeruch. Gleichzeitig standen aber die Orangenbäume in voller Blüte und der süßliche Duft der Orangenblüten vermischte sich mit dem Geruch von totem Fisch.
Die Menschen auf der Straße hielten sich parfümierte Tücher vors Gesicht, um dem Gestank zu entgehen; und die Sonne versengte weiterhin grausam und unerbittlich die Stadt.

»Das sieht hier sonst nicht so aus«, sagte Carlos fassungslos. »Sevilla hat eine wunderbare Feria. Da tanzen die Menschen wirklich drei Tage lang, fast Tag und Nacht. Und dieses heiße Klima hat auch sehr viel Gutes. Zum Beispiel kannst du hier jede Pflanze einfach in die Erde stecken und wenn du genug Wasser zuführst, wächst sie innerhalb von wenigen Tagen an. Und man kann Tomaten ernten, das ganze Jahr lang. Aber es steht und fällt alles mit dem Regen.«

Und am Abend, vor dem Einschlafen, sagte er zu ihr:
»Weißt du, manchmal fühle ich mich auch so, tief in meiner Seele. So unendlich verdorrt und vertrocknet. Und du bist für mich wie Wasser, wie Wasser, das regnet über mein Land.«

Am nächsten Tag besuchten sie zusammen den traditionellen Karfreitagsumzug. Finja beobachtete, leicht befremdet aber doch beeindruckt, die Kapuzenmänner, welche die schweren Statuen trugen. Manche peitschten sich sogar mit Geiseln. Zwischendurch warfen die Kapuzenmänner aber auch mit Bonbons, die von den Kindern begeistert aufgefangen wurden.
»Glaubst du eigentlich an Gott?«, fragte Finja nachdenklich.
»Religion ist Opium für das Volk«, sagte Carlos, »aber ich glaube schon, dass es irgendetwas gibt, nach dem Tod. Und *wenn* es einen Gott gibt, dann hat *er* mir dich geschickt.«

»Woran denkst du?«, fragte Finja nach einer Weile.
»Weißt du, in der gynäkologischen Praxis, da trifft man manchmal auf unglaubliche Menschen und Situationen! ... Stell dir vor, gestern war bei mir ein 15-jähriges Mädchen, das schwanger ist!

Und bei uns in Spanien, ist der Schwanger-schaftsabbruch ja verboten. Also schicke ich die Leute normalerweise immer nach Marokko hin-über, weil dort ist das erlaubt. Aber das arme Ding hat natürlich keinen Reisepass. Um sich wiederum einen Pass ausstellen zu lassen, braucht sie die Unterschrift ihrer Eltern; die aber dürfen das auf keinen Fall erfahren ... Stell dir mal vor, die hat wirklich Angst gehabt, ihr Vater bringt sie um!! Also, was soll ich machen? Sie hat mir halt leidgetan und am Ende habe ich den Abbruch gemacht. Aber ich mache das nicht ger-ne und wenn, dann wirklich so früh wie möglich.
Ich war einmal in England, dort ist der Abbruch derzeit sogar bis zur 24. Woche erlaubt. Das ist pervers! Die hängen einfach ein Wehenmittel an und warten, bis das Kind herauskommt. Das Ba-by lebt auch zumeist am Anfang, aber man wirft es in einen Abfalleimer!!
Eines Tages wird die Medizin so weit sein, dass so ein Kind im Brutkasten überleben kann, dann wird man die Grenze herabsetzen müssen.
Aber auch jetzt ist das ein Leben! Und man wirft es einfach weg.
Und am Nachmittag kommt dann jemand und kauft diese toten Kinder zu einem Preis per Kü-bel. Stell dir vor, die machen da noch Hautcreme daraus; die soll besonders gut gegen Falten hel-fen.

Ich verstehe ja solche Fälle, wo es wirklich um wirtschaftliche Not geht. Wo das Mädchen noch sehr jung ist; oder die Frau alleinstehend. Oder eine Familie, die schon fünf Kinder hat.

Aber da kommen immer wieder solche deutsche Frauen zu mir in die Praxis bei denen eigentlich alles stimmt. Und die sagen dann:

›Herr Doktor, wir können uns gerade kein Kind leisten. Sie wissen schon, der neue Mercedes kostet ja so viel!!!!‹ So einer Frau würde ich manchmal am liebsten ins Gesicht schlagen. Diese Menschen opfern ihr Kind für ein neues Auto!!

… Und dann kommt wieder so ein kleines, spindeldürres Mädchen, die ist erst 14 Jahre alt und hat schon ein Kind. Und jetzt ist sie wieder schwanger! …

Weißt du, manchmal ist das alles schwer zu ertragen …

Und immer wieder sieht man Frauen mit Misshandlungen … «

10

Mitte Mai fuhr Finja nach Österreich zurück.

Einige Wochen später rief Carlos sie an.

»Ich werde in ein paar Tagen nach Finnland fahren, da könnte ich mir das so einteilen, dass ich bei dir vorbeischaue! Wie findest du das?!«

»Oh!«, sagte Finja überrascht. »Ich habe nicht gedacht, dass wir uns so bald wiedersehen!«

»Es kommt meistens anders, als man denkt!«, meinte Carlos. »Freust du dich denn wenigstens ein bisschen?«

»Doch Carlos«, sagte Finia, »ich freue mich sogar sehr.«

Carlos besuchte Finja im Haus ihrer Mutter, wobei er spät in der Nacht ankam.

»Soll ich mir hier am Bahnhof ein Zimmer nehmen und morgen kommen oder soll ich mir ein Taxi organisieren und jetzt noch zu dir rausfahren?«, fragte er Finja am Telefon.

»Ach, komm doch gleich!«, sagte Finja. »Wir warten hier schon den ganzen Tag auf dich … nein, nein, meine Mutter geht sehr spät schlafen!«

Finjas Mutter war von Carlos entzückt, weil er höflich und weltgewandt war; und weil er ihr Blumen mitbrachte.

»Nein wirklich, der Carlos ist ja so aufmerksam!«, sagte sie. »Finia, den darfst du nicht einfach wieder ziehen lassen. So einen findest du so leicht nicht wieder!«

Finjas Mutter bemühte sich, dem Paar ein ansprechendes Nest zu bereiten; so wie man Vögeln einen Nistkasten hinstellt.

Dann reiste Carlos wieder ab und einige Wochen später fand Finja heraus, dass sie schwanger war.

Wieder einige Wochen später hatte sie leichte Blutungen, die sie sehr erschreckten.

Als Carlos dies erfuhr, schickte er ihr ein Flugticket. Wenn sie jetzt schon Blutungen habe, wäre das Kind vermutlich nicht ganz in Ordnung und er wolle kein behindertes Kind. Sie solle nach Spanien kommen und er würde sich in seiner Praxis selbst um die Beseitigung des Problems kümmern.

»Soll *ich* hinfahren und mit ihm reden?«, fragte Finjas Mutter. »Da würde der schön dreinschauen, wenn statt dir ich aus dem Flugzeug steige!!«

Finja ließ den Flug einfach verfallen.

Sie schrieb Carlos einen Abschiedsbrief.

Sie litt inzwischen Tag und Nacht unter unstillbarem Schwangerschaftserbrechen und wollte niemanden sehen. Darüber hinaus war sie nicht krankenversichert.

Ihre Mutter wusste von einem Arzt, den sie von früher her als »feinen, sozialen Charakter« in Erinnerung hatte. Er musste seine Einstellung inzwischen geändert haben, denn er behandelte Finja herablassend und diskriminierend. Und das, obwohl er klarstellte, dass sie das volle Honorar zu bezahlen habe.

Als er sich dann über den Tarif informierte, stellte sich heraus, dass die Schwangerenvorsorgeuntersuchungen ohnehin gratis waren; für alle und auch ohne Versicherung.

Der Arzt blieb weiterhin ablehnend. Vielleicht, weil Finja nicht verheiratet war.

Es gab damals noch viele Menschen, die traditionell in einem unehelichen Kind, die Strafe Gottes für den vorehelichen Geschlechtsverkehr sahen.

Nach der Heirat mutierte das Kind dann zum Geschenk Gottes. (wohl zur Belohnung für den ergeben erduldeten, ehelichen Geschlechtsverkehr)

Und Carlos pflegte spöttisch zu sagen:

»Also ich bin Gynäkologe und mir ist der Unterschied zwischen einem ehelichen und einem unehelichen Kind noch nie aufgefallen. Wenn die herauskommen, sehen sie für mich alle gleich aus!!«

In Österreich gab es damals schon seit sechs Jahren die Fristenlösung. Finja war immer gegen die Abtreibung gewesen, aber für die Fristenlösung. Weil nur die Möglichkeit des legalen Schwangerschaftsabbruchs, aus dieser Schwangerschaft eine freiwillige Angelegenheit machte; und weil nur diese Freiwilligkeit, die Diskriminierung der unverheirateten Mutter beenden konnte.

Finja glaubte auch an Selbstmord. Auch wenn ihre Gesellschaft das nicht tat. Selbstmord galt als Sünde, als feige und verwerflich. Traditionell hatte ein Selbstmörder keinen Anspruch auf ein kirchliches Begräbnis und er kam definitiv in die Hölle (da er ja nach dieser schweren Sünde, keine Möglichkeit mehr hatte, zu beichten).

Die ganz Fortschrittlichen betrachteten Selbstmord inzwischen als Folge einer seelischen Erkrankung, die man in der Psychiatrie behandeln konnte.

Finja aber empfand die Möglichkeit, Selbstmord zu begehen, als unglaubliche Befreiung. Der Selbstmörder war der einzige Mensch, der über die Stunde seines Todes selbst bestimmte; und über die Art seines Ablebens.

Dieser Gedanke war für Finja so tröstlich, dass er ihr die Kraft gab, weiter zu leben. Und da diese geniale Möglichkeit, die Welt zu verlassen, ja täglich offenstand, eilte es im Grunde nicht. Man konnte das Ende auch noch ein wenig in die Zukunft verschieben. Fortan aber lebte man freiwillig. Und was immer man auf Erden zu erdulden hatte, man tat es aus freien Stücken..

Vieles war schwer zu ertragen.

Als Carlos das nächste Mal nach Österreich kam, erfuhr Finja, dass es in den USA eine Frau namens Susanne gab, die ein kleines Kind von Carlos hatte. Ein Jahr und sieben Monate alt; ein Junge. Er habe nicht so viel Kontakt, würde aber Weihnachten dort verbringen, des Kindes wegen.

Finja fand es unfair, dass er ihr das *jetzt* sagte. Als er ihr vor Wochen eröffnet hatte, er wolle kein Kind, da wäre der richtige Augenblick für diese Mitteilung gewesen. Zu diesem Zeitpunkt hätte diese Information einerseits erklärt, warum er kein Kind wollte, andererseits hätte Finja die Möglichkeit gehabt, sich bewusst für oder gegen diese Situation zu entscheiden. Jetzt war sie im vierten Monat und die Zeit der Wahlmöglichkeiten war vorbei.

Carlos fuhr mit Finja in einem kleinen Boot hinaus auf den See, der an diesem Tag wie ein smaragdgrüner Zauberspiegel zwischen den Bergen lag. In dieser abgehobenen Kulisse, erzählte er Finja viele Einzelheiten aus seinem Leben.
So, zum Beispiel, dass er fast sein ganzes Leben lang, immer gleichzeitig in zwei Frauen verliebt gewesen sei.
Damals in Berlin, als seine anderen Kinder klein gewesen waren, habe er sich in eine andere Frau verliebt. Sie wäre damals seine große Liebe gewesen.

»Sie hatte zwei Mal eine Fehlgeburt«, sagte Carlos. »Leider, weil ich hätte sehr gerne auch mit ihr ein Kind gehabt.«

Dann irgendwann, durch einen dummen Zufall, hätten die Frauen voneinander erfahren. Er sei von einer Reise zurückgekommen und hätte zu seiner großen Überraschung beide Frauen in seinem Ehebett schlafend vorgefunden, wo sie schon stundenlang auf ihn gewartet hatten. Bei seinem Eintreten seien sie dann aufgewacht. Sie hätten *beide* geweint und verlangt, dass er sich auf der Stelle für eine von ihnen entscheide.

Er sei zwar damals bei seiner Familie geblieben, aber sein Herz war unfähig gewesen, eine Wahl zu treffen.

»Ich wollte sie *beide*«, sagte er voll Überzeugung, »aber das wollten *sie* nicht. Weißt du, ich bin in meinen Gefühlen sehr treu; ich höre nicht auf, jemanden zu lieben, nur weil ich jemand neuen auch liebe.«

Finja verstand genau, was er meinte. Weil sie das selbst ähnlich empfand.

»Ich bin auch dagegen, dass man Menschen austauscht«, sagte sie. »Die Gefühle, die man füreinander haben kann, sind so verschieden. Das Echo, das der andere in uns erzeugt, ist immer wieder anders und es gibt so manches, was für uns stimmig sein kann. Ich glaube auch, dass *ein* Mensch nicht mein Alles sein kann; sicher nicht auf Dauer. In mir ist so vieles und *ein* anderer

Mensch kann das einfach nicht alles abdecken. Mit ein bis zwei gut ausgewählten Ergänzungspartnern könnte es vielleicht hinkommen … «

»Du bist wunderbar«, sagte Carlos. »Du bist der erste Mensch der mich versteht.«

»Du hättest es mir nicht verschweigen dürfen«, sagte Finja, »das mit dem Kind. Es wäre für mich wichtig gewesen, eine Wahl zu haben … «

»Ich weiß«, sagte er, »in Zukunft sage ich dir immer alles. Du wirst die einzige Frau sein, der ich vertraue; weil ich weiß, dass ich dir vertrauen kann.«

11

Im November verbrachten Finja und Carlos einige Tage in Wien, wo sie sich kennengelernt hatten. Sein Bruder Rodrigues war auch mit und
Finjas Freundin Lilly organisierte Karten für die
Abendunterhaltung.
»Es ist schwer an diesen österreichischen Frauen
etwas von Weiblichkeit zu entdecken«, sagte der
Bruder, der keine Erfahrung mit kalten Ländern
hatte, befremdet.
»Wenn ich mir da deine Freundin ansehe. Zuerst
mal lange Stiefel, dann ein Mantel, auf dem Kopf
noch eine Haube; man sieht wirklich gar nichts
von der Figur.«

Carlos hatte etwas davon mitbekommen, dass die
Freundin gewisse Schwierigkeiten mit Männern
hatte, was seine Fantasie augenblicklich beflü-
gelte.
Er hatte einen geradezu zwanghaften Drang, sich
in die Angelegenheiten anderer Menschen einzumischen. Besonders dann, wenn es um sexuelle Probleme ging.
So versuchte er zunächst erfolglos, Finjas Freundin mit seinem Bruder zu verkuppeln.
Dann machte er Finja den Vorschlag, er werde
sich selbst um das Problem kümmern; er werde
auch ganz rücksichtsvoll und zärtlich zu ihrer

Freundin sein und sie könnten eine gemeinsame Nacht zu dritt verbringen.

»Das muss doch schön für dich sein, Finja!«, sagte Carlos. »Mit mir und deiner besten Freundin!!«

Als Carlos Lilly diesen Vorschlag unterbreitete, entgegnete sie nur befremdet:

»Weißt du, ich fühle mich einfach zu dir nicht genug hingezogen. Ich kann mir das überhaupt nicht vorstellen, mit jemandem, den ich gar nicht kenne!«

»Weißt du«, sagte Carlos eindringlich, »du wartest hier vielleicht auf irgendetwas Ideales, was es nur in deiner Vorstellung gibt. Und so vergeht das Leben Jahr um Jahr und du bleibst immer allein. Weil du einfach zu illusorische Vorstellungen hast, die sich im wirklichen Leben nie erfüllen.«

»Ich kann es mir trotzdem mit dir nicht vorstellen«, beharrte Lilly. »Ich kann mir das überhaupt nur mit jemandem vorstellen, der mir sehr nahe ist. Also … da kann ich mir das schon eher mit Finja vorstellen.«

»Na dann!«, sagte Carlos und betrachtete die beiden Frauen mit einem zufriedenen Lächeln. »Das ist ein Wort! Dann lasse ich euch zwei Süßen jetzt mal allein!«

...

Die Schwangerschaft und die Geburt des Kindes waren für Finja eigenartige Erfahrungen im Sinne von Menschwerdung. Sie hatte früher nie Hunger empfunden. Jetzt hatte sie ständig das Bedürfnis Unmengen von Nahrung in sich hineinzustopfen, denn nur dadurch besserte sich die Übelkeit, die sie seit Monaten quälte, kurzfristig.

Finja hatte sich bis zu diesem Zeitpunkt nie um die Zukunft gesorgt, sondern immer nur im Augenblick gelebt. Sie besaß kein Bankkonto; keine Krankenversicherung; und keinen Wohnsitz.

Jahrelang war sie von einem Engagement zum anderen weitergezogen; immer in Hotels oder kurzfristig angemieteten Zimmern.

Sie hatte damals Freunde, die bei einer sehr umstrittenen Sekte lebten. Kurzzeitig trat sie der Sekte auch bei, stellte aber schnell fest, dass sie nicht mit so viel Kontrolle, bei so wenig Privatsphäre leben konnte. Dennoch übernahm Finja viel vom Lebensstil jener Freunde. Sie glaubte, dass es eine Verpflichtung zu lieben gebe. Und dass dieses Gesetz der Liebe keine Grenzen kenne. Keine emotionalen Grenzen. Keine finanziellen Grenzen. Keine sexuellen Grenzen. Alles Leid in Beziehungen, so hatte man Finja gelehrt, habe seinen Ursprung im Egoismus der Menschen. In ihrer Unwilligkeit mit anderen zu teilen. Kinder waren ein Geschenk Gottes und als solches anzunehmen. Empfängnisverhütung war ein Misstrauensantrag gegen Gott. Ein Versuch, das Leben in die eigenen Hände zu nehmen und es den Händen Gottes zu entziehen.

Die Sekte glaubte auch, dass das Ende der Welt nahe sei. Daher gab es keine Notwendigkeit, für die Zukunft zu planen. Für eine Zeit, die nicht mehr stattfinden würde.

Finjas Freundschaft mit jener amerikanischen Familie, die sie in Graz kennengelernt hatte, blieb lange Zeit sehr eng.

Solche Sekten erzeugen eine Gruppenschwingung, die ihre Mitglieder untereinander verbindet. Ihre Dogmen dringen tief in die Persönlichkeit ein. Und sie wirken im Unterbewusstsein noch lange nach, selbst wenn man jeglichen Kontakt mit ihnen abbricht. Selbst wenn man inzwischen etwas ganz anderes glaubt oder gar nichts mehr! An verborgener Stelle treffen diese Dogmen und Glaubenssätze weiterhin für uns Entscheidungen und beeinflussen ungefragt unser Leben.

Zwei verschiedene Wahrsagerinnen hatten Finja vorhergesagt, sie werde mit 27 Jahren sterben; bei der Geburt eines Kindes.

Sie war jetzt 24.

Sie hing nicht besonders am Leben.

Sie machte sich nie Gedanken über die Zukunft.

In ihrer Abgehobenheit erschien sie anderen oft nicht als Mensch. Mehr wie ein lichtes Wesen, aus einer anderen Welt.

Jetzt dachte Finja plötzlich ernsthaft über die Zukunft nach. Die Notwendigkeit des Materiellen erschloss sich ihr erstmals, während sie das Kind durch die Materie ihres eigenen Körpers herstellte.

Die Geburt war normal und das Kind kam, entgegen den Vorhersagen der Ärzte, gesund und kräftig zur Welt. Trotzdem Finja Vegetarierin war und zu Beginn der Schwangerschaft nur 43 Kilo wog.

Das Kind hatte diszipliniert seinen errechneten Geburtstag abgewartet und war genau am Termin geboren.

Was ein Glück war, denn zehn Tage früher wäre Finja noch nicht krankenversichert gewesen und bis zwei Tage vorher, war Carlos noch in Spanien unabkömmlich.

Erst am 30.Dezember 1981 war die Junta de Andalucia gegründet worden. In den ersten Wochen des neuen Jahres, wurden Minister und Abgeordnete berufen und das neu gegründete Parlament nahm seine Arbeit auf. Carlos war jetzt sozialistischer Abgeordneter der Junta de Andalucia und hatte viel zu tun.

Wenige Wochen vor den Wahlen in Madrid, die bereits im Mai die PSOE gewonnen hatte, war ein zweiter Putschversuch vereitelt worden, den man vor den internationalen Nachrichten zurückgehalten hatte. Die Verschwörer hatten geplant, bis zu den Wahlen zu warten. Alle wichtigen Personen würden sich zu diesem Zeitpunkt in Madrid befinden. Sie planten, mit Hilfe von Militär die Stadt hermetisch abzuriegeln; dann würden sie im Inneren der ringförmigen Absperrung die Kontrolle übernehmen und alle politischen Gegner verhaften. Die würden sozusagen in der Falle sitzen und keine Möglichkeit haben, zu entkommen.

Nur weil jemand diesen Plan verraten hatte, flog er auf. Niemand hatte etwas davon geahnt und Carlos war der Ansicht, dass er funktioniert hätte. Und das wäre das Ende für die junge Demokratie Spaniens gewesen und hätte wahrscheinlich zu einem neuen Bürgerkrieg geführt.

So aber, war alles doch noch gut ausgegangen. Inzwischen war der Autonomiepakt vom 31.Juli 1981 umgesetzt und das Parlament konnte Carlos kurzfristig entbehren.

Am Vorabend der Geburt traf er ein und am nächsten Morgen wurde das Kind geboren.

Finja hätte sich gewünscht, er würde ihr mehr Aufmerksamkeit widmen. Aber er sprach mehr mit den Kollegen, als mit ihr und selbst später, im Zimmer, stand er länger vor dem Kind der Bettnachbarin, als vor seinem eigenen.

»Das ist ein typisches Raucherbaby«, meinte er später zu Finja. »Weißt du, die sind durch den Nikotin so schlecht durchblutet, dass sie ganz klein bleiben. Das ist interessant zu beobachten. Und siehst du, wie nervös und schreckhaft dieses Kind ist!? Das sind schon die Entzugserscheinungen!«

Die erste Nacht mit dem Baby zuhause war unruhig, da das Kind ständig aufwachte. Um vier Uhr morgens hatte Finja eine Eingebung. Das Kind hatte im Krankenhaus einen Schnuller gehabt! Das war es, was hier fehlte. Sie musste dann noch bis sieben Uhr warten, bis die Apotheke öffnete. Als Finja mit dem Schnuller nachhause kam, kehrte Ruhe ein und fortan war das Kind zufrieden.

Das Stillen entwickelte sich zu einer unerwarteten Herausforderung, da Finja überraschender Weise viel zu viel Milch hatte.

Carlos hatte ihr im Vorfeld den Vorschlag gemacht, dem Kind die Flasche zu geben. Er würde die Milch lieber für sich haben. Für ihn gebe es nichts Erotischeres, als eine Frau mit Milch in ihren Brüsten. Seine Mutter hatte ihn jahrelang gestillt. Auch noch in einem Alter, in dem seine Wahrnehmung dem verschwommenen Dahindämmern eines Säuglings längst entwachsen war. Und er konnte sich zeitlebens voll Dankbarkeit und Wehmut an jene Zeit des vollkommenen Glücks erinnern.

Jetzt fand hier vor seinen Augen ein Milchwunder statt. Finjas Brüste wurden riesig und gaben Milch wie ein Springbrunnen. Die Milch spritzte einen Meter weit nach allen Seiten und Carlos bewunderte sie aus tiefstem Herzen, so, wie man eine Göttin bewundert.

Das Kind hatte zwar gewisse Schwierigkeiten, sich nicht zu verschlucken, aber für Carlos war dieser lebendige Milchbrunnen ein wundervolles Schauspiel, dessen Seltenheit er zu würdigen wusste.

Zwei Monate später waren sie zusammen in Andalusien.

In seiner Wohnung am Meer.

Er hatte viel zu tun.

Sie hatte das Kind.

Alles war gut.

»Du hast mir Glück gebracht«, sagte er zu ihr.

TEIL 2

1

Carlos kümmerte sich um die großen Dinge.

Viele neue Gesetze wurden damals vorbereitet und letztlich erlassen.

Spanien sah sich gezwungen der Nato beizutreten, um in die EU aufgenommen zu werden. Der Nato-Beitritt fand bereits 1982 statt; der EU Beitritt war für 1986 vorgesehen;

Spontan gab es massive Proteste im Volk gegen die Nato-Mitgliedschaft. »OTAN no!! OTAN no!!«, schrien die Menschen in Sprechchören. Wenn Finia mit Carlos in einer der einheimischen Tapasbars zum Essen war, konnte sie derartige Szenen regelmäßig im Fernsehen verfolgen und die vielen, wütenden Gesichter machten ihr Angst.

Unter dem Druck der Bevölkerung versprachen die Sozialisten, dass man sofort nach dem EU-Beitritt wieder aus der NATO austreten werde; jetzt aber sei dieser Schritt unerlässlich. Die NATO sei sozusagen Spaniens Eintrittskarte für die Europäische Union.

Die Sozialisten führten damals auch viele neue Gesetze ein.

So zum Beispiel gab es erstmals eine Schulpflicht und Bildung wurde massiv beworben.

Auch die Ehescheidung wurde legalisiert.

Bis zu diesem Zeitpunkt war Spanien eines der letzten Länder der Erde gewesen, wo die Ehe bis zum Tod unauflöslich war. Die Menschen trennten sich inoffiziell und übersiedelten nach einer Trennung gerne. So man an seinem neuen Wohnort die neue Partnerin einfach als »mi mujer« (meine Frau) vorstellte, wurde dies von der Umgebung akzeptiert. Schließlich muss man ja seinen Nachbarn keine Heiratsurkunde vorlegen. Gemeinsame Namen gab es ohnehin nicht. Jeder Spanier führte die ersten Namen beider Eltern und diese spanischen Doppelnamen wurden zeitlebens nicht gewechselt.

Die spanische Frau hatte damals nicht allzu viele Rechte, aber sie behielt ihren Namen. Die Kinder, egal ob ehelich oder unehelich, hatten Anspruch auf den Namen ihres Vaters, so er sie anerkannte. Dadurch konnte der inoffizielle Status der späteren Beziehungen und Familien, die ein Mann im Laufe seines Lebens gründete, diskret geheim gehalten werden. So hatte ein Spanier oft mehrere Frauen mit Kindern an verschiedenen Adressen gleichzeitig. Manchmal wussten sie voneinander, aber oft auch nicht. Der Mann arbeitete einfach auswärts; oder er war geschäftlich sehr viel unterwegs.

Oft flog das Ganze erst auf, wenn der Mann zum Beispiel bei einem Unfall verstarb und plötzlich mehrere Witwen samt Kindern auftauchten.

Carlos hatte seine Angelegenheiten gut organisiert. Von seiner ersten Frau war er offiziell geschieden. Finja war aus Österreich und wusste von seiner anderen Frau. Die andere Frau lebte in den USA; er hatte ihr nichts von Finja und seiner neuen Tochter erzählt, weil er wusste, dass sie das nicht akzeptiert hätte. Aber sie war weit genug weg. Eigentlich eine ideale Situation.

Die Wohnung am Meer lag weitab von jeglicher Ortschaft. Man hatte einfach ein Hotel und fünf sechsstöckige Häuser in der Mitte von nirgendwo aufgestellt. Zwischen den Blöcken gab es eine Grünanlage und zwei Swimmingpools. Der Strand war schlecht, weil im seichten Wasser verborgen mehrere Felsen lauerten, an denen man sich leicht verletzten konnte. Zudem waren die Felsen mit Seeigeln übersät;
Gleich hinter der Anlage begann das große Nichts; verdorrte Erde und verwehter Sand; einzelne Palmen oder Feigenbäume, die der Dürre trotzten und eine Unmenge von stacheligem Gebüsch.
Eine breite Straße führte die ganze Küste entlang. Breit wie eine Autobahn, aber ohne bauliche Absperrung in der Mitte. Für diese Küstenstraße gab es keinerlei Geschwindigkeitsbeschränkung und so kam es oft zu Unfällen. Tiere waren überfordert; sie wurden leicht von den vorbeirasenden Fahrzeugen erfasst und getötet.

Die Kadaver wurden nicht weggeräumt; sie lagen auf der Straße und wurden immer wieder angefahren und überrollt, bis sie irgendwo am Straßenrand zu liegen kamen. Dort verblieben sie dann, bis sie im Verlauf von Monaten so weit in ihre Bestandteile zerfallen waren, dass der nächste starke Wind sie fortblies, irgendwohin ins Gebüsch.

Einmal sah Finja befremdet, wie einige kleine Buben vergnügt mit solchen Tierknochen spielten.

»Uuuu ich bin ein Gespenst!«, rief der eine und hielt sich den toten Hundeschädel vors Gesicht.

Die Anlage mit der Wohnung am Meer war nur über diese Straße erreichbar. Es gab keinen Gehsteig. Zum nächsten Supermarkt, war es ein halbstündiger Fußweg entlang dieser Straße. Autos fegten mit hoher Geschwindigkeit vorbei; so schnell, dass man ihren Fahrtwind spürte und zeitweise leicht ins Schwanken kam.

Finja blieb zumeist zuhause. Sie verbrachte ihre Tage mit dem Kind. Zwischendurch überarbeitete sie ihre Verse.

Da sie und Carlos damals nur *einen* Schlüssel hatten, den sie sich teilen mussten, war Finja entweder im Haus eingesperrt, oder sie musste fürchten, Carlos zu verpassen. Also wagte sie es die meiste Zeit nicht, nach draußen zu gehen, aus Angst, Carlos' Ankunft zu versäumen. Weil dann würde er weiterfahren, in das Apartment nach Torremolinos.

Wenn er kam, war er oft sehr erschöpft. Es war ihr unangenehm, ihn dann auch noch mit dem häuslichen Kleinkram belasten zu müssen.

Die Bausubstanz der Wohnung war ausgesprochen schlecht. Der Holzrahmen der Balkontüre war verzogen und als es einmal stark regnete, kam das Wasser an der oberen Kante der Türe herein; genaugenommen strömte es herein, wie von einem Wehr. Innerhalb kürzester Zeit stand Finja in etwa 20 Zentimeter tiefem Wasser. Sie brachte als erstes ihr Baby in Sicherheit, indem sie es von Decken gestützt auf den Tisch legte. Dann holte sie sich einen Kübel und schöpfte so viel Wasser, wie sie konnte. Sie schüttete die schmutzige Brühe schnell in den Abfluss und rannte zurück; immer wieder, bis sie vor Erschöpfung nicht mehr konnte. Als das Baby zu weinen begann, kauerte sie sich auf dem Tisch neben das Kind und stillte es. Beunruhigt beobachtete sie währenddessen, wie das Wasser weiter anstieg, etwa bis zu einem halben Meter hoch.

Dann plötzlich hörte der Regen schlagartig wieder auf und die Sonne lugte hinter den Wolken hervor, als wäre nichts gewesen.

Als es Finja gelungen war den Boden der Wohnung und zuletzt den Balkon bis auf wenige Zentimeter vom Wasser zu befreien, fand sie auf dem Balkon einen nasser Vogel, der nicht mehr fliegen konnte. Finja dachte zunächst, er wäre vielleicht krank. Aber als sie dann später einkaufen ging, sah sie, dass da überall solche Vögel herumlagen, als hätte sie eine biblische Plage vom Himmel stürzen lassen. Die spanische Hausmeisterin der Anlage erklärte Finja dann, dass das hier häufiger vorkomme. Besonders wenn es lange nicht regne. Diese Vögel hätten noch nie in ihrem Leben Regen gesehen und es fehle ihnen daher die Erfahrung, wie sie sich rechtzeitig in Sicherheit bringen konnten. Wenn sie dann erst einmal nass genug seien, könnten sie nicht mehr fliegen. Sie müssten aber nur trocknen, dann sei alles wieder in Ordnung. Bis dahin allerdings, seien sie recht hilflos und eine bequeme Beute für Katzen oder ein armes Opfer für böse Buben, die allerlei grausame Spiele mit den Tieren veranstalten würden.

Wieder zurück in der Wohnung, fuhr Finja fort den Boden trockenzulegen, bis das Wasser fast weg war. Den Rest versuchte sie mit Handtüchern aufzuwischen. Die Handtücher waren dann so schmutzig, dass sie nicht mehr sauber zu bekommen waren und so musste sie Carlos bitten, ihr neue zu beschaffen.

Wann immer sie ihn um etwas bat, versprach er, es alsbald zu besorgen; aber er vergaß zumeist. Und so musste sie ihn immer wieder erinnern.

Er hatte eben zu viel zu tun, um an so banale Dinge, wie Handtücher, zu denken. Oder an eine Wundschutzcreme für das Kind, das die Rückstände der spanischen Waschmittel in der Handwäsche nicht vertrug. (Waschmaschinen waren damals noch nicht üblich)

»Ach ja«, sagte Carlos, als er sich den Wasserschaden besah, »da siehst du jetzt mal, wie wir hier leben! Das hat hier alles keine deutsche Qualität, wie du es gewohnt bist. *Das ist Spanien*!«

Sie hätte die Dinge für den Haushalt gerne selbst besorgt, um ihn zu entlasten. Dies war jedoch nicht möglich, da sie ja in der Anlage festsaß. Ohne jede erreichbare Infrastruktur.

Aber sie machten damals auch unvergessliche Ausflüge.

Einmal an einen wunderschönen Strand mit riesigen, exotischen Schmetterlingen. Und einer davon setzte sich auf das Kind und blieb dort lange sitzen. Der Schmetterling klappte seine Flügel immer wieder auf und zu und ließ sich bewundern und Finja wagte kaum zu atmen, um ihn nicht zu verscheuchen.

Ein andermal fuhren sie nach Ronda, wo Carlos'
Sohn Juan im Internat untergebracht war. Der
Sohn war ein lieber, etwas schüchterner Junge
von zwölf Jahren, der sich sehr über den Besuch
freute. Er besah sich auch seine neue Schwester
ganz genau. Finja wunderte sich, dass er wirklich
nicht mehr Deutsch konnte, obwohl er die ersten
sechs Jahre seines Lebens in Deutschland verbracht hatte. Einmal erinnerte er sich dann doch
an ein Wort.

»Ente heißt pato«, sagte er lächelnd.

»Ich habe viel zu wenig Zeit für ihn gehabt«,
bedauerte Carlos wehmütig, »und dann plötzlich,
eines Tages, sind sie schon so groß. Das andere
Kind in Amerika sehe ich vielleicht zwei Mal im
Jahr. Ich hoffe, dass es diesmal anders sein wird.
Wirklich Finja! Ich wünsche mir das so sehr!«

Finja hatte den Eindruck, dass es ihm viel bedeuten würde, das Kind in seiner Nähe zu haben. Es
war ihr klar, dass diese Nähe nur möglich war,
wenn sie sich mit dem Kind hier in Spanien auf-
hielt. Dies bedeutete aber andererseits, dass sie
auf ihre eigenen beruflichen Möglichkeiten verzichten musste. Sie erhielt damals noch etliche
Angebote für Engagements, die sie alle mit lei-
sem Bedauern ablehnte. Es war eben nötig, Prio-
ritäten zu setzen.

»Geld spielt keine so große Rolle«, sagte Carlos immer wieder zu ihr. »Zeit ist für mich das Problem.« Und dann fügte er immer hinzu: »Ich weiß, dass ich viel zu wenig Zeit für euch habe. Aber du musst Geduld haben. Ich muss mich erst langsam so umorganisieren, dass ich mehr Zeit für euch freimachen kann. Im Moment ist hier alles im Umbruch. Du siehst es ja! Aber irgendwann wird sich alles einspielen und dann werde ich mehr Möglichkeiten haben, Dinge zu delegieren. Ich möchte so gerne mit dir und unserem Kind glücklich sein. Bitte, gib mir mehr Zeit!! Du wirst es schon sehen! Wir werden hier noch glücklich sein!«

2

Den Sommer verbrachte Finja in Österreich und als sie zurückkam, durchzog eine Ameisenstraße von einem Meter Breite das Apartment am Meer. Carlos und Finja entfernten zunächst alle Ameisen, die sie erwischen konnten, jedoch lebten die Tiere auch in den Hohlräumen der Armaturen, wo man nicht an sie herankam.

Des Nachts brachen sie dann in geordneten Strukturen in die Küche auf, um Nahrung zu organisieren.

Carlos wusste einen alten Campingtrick.

»Weißt du, man muss die Lebensmittel alle in die Mitte geben und einen Wassergraben rundherum ziehen«, sagte er. »Dazu brauchen wir ein paar größere Steine vom Strand. Geh doch mal welche holen!«

Als Finja zurückkam, schlichtete er die Steine in der Mitte einer alten Plastikkinderwanne übereinander; dann befüllte er die Wanne rundherum mit Wasser. Zuletzt holte er ein Tablett aus der Küche, welches er auf die Steine legte; und darauf türmte er die Lebensmittel.

»So! Jetzt haben wir Ruhe!«, sagte er stolz und betrachtete zufrieden sein Werk. »Schon gewieft, dieser Trick? Nicht wahr?«

Am nächsten Tag beobachtete Finja, wie ein paar Ameisen sich ein trockenes Blatt organisierten.

Sie schleppten es mit großem Aufwand zum Wasser. Dann stiegen einige ein und die anderen schoben das Blatt ins Wasser. Mutig paddelten sie mit ihrem selbstgemachten Boot ans andere Ufer des Wassergrabens. Es war ein anstrengendes Unterfangen für die kleinen Tiere. Einmal kippte das Blatt beim Landeversuch und sie mussten um ihr Leben schwimmen.

Dann endlich erreichten sie die futterreiche Küste der Campinginsel.

»Es ist fast schade«, dachte Finja, »dass ich euch jetzt stoppen muss. Ihr seid so genial!«

Dann fing sie die Ameisen ein und warf sie vom Balkon.

»Dass man im sechsten Stock Ameisen haben kann!«, dachte sie.

In diesem Herbst wurde Finja wieder schwanger. Das war in ihrem Sinne, denn sie wollte für ihr Kind so bald wie möglich ein Geschwisterchen. Carlos war wenig begeistert.

»Fehlt nur, dass die Frau in Amerika auch noch ein Kind will … «, sagte er zuletzt seufzend. Und dann fügte er kopfschüttelnd hinzu:

»Nur gut, dass das meine Patientinnen im Familienplanungszentrum nicht wissen! Weil wenn die wüssten, dass der Doktor in seiner eigenen Familie ein Kind nach dem anderen macht – Die würden zu einem anderen Arzt gehen!!«

...

Finja verbrachte Weihnachten bei ihrer Mutter und ging dann auf eine lange Reise. Sie hatte das Bedürfnis, alle ihre Freunde zu besuchen, die sie schon lange nicht gesehen hatte.

Und obwohl es Carlos nicht recht war, fuhr sie auch für einige Wochen nach Indien; auf das Landgut jenes Malers, den zu treffen sie damals nach Wien gekommen war. An dem Tag, an dem sie dann auch Carlos getroffen hatte.

Die Künstlerkolonie lag weit entfernt von Indiens großen Problemen, wie sie sich in den überfüllten Städten des Landes offenbarten.

Das Hochland von Südindien ist fruchtbar; so fruchtbar, dass es möglich ist, das ganze Jahr über von den Erträgen des eigenen Gartens und der eigenen Gemüsebeete zu leben.

Finja hatte schon als Kind eine große Liebe zur Natur in sich verspürt. Der enge Kontakt mit der fruchtbaren Erde tat ihr gut und gab ihr Vertrauen in die Zukunft. Das Leben konnte so einfach sein. Es war nicht nötig, für andere zu arbeiten; nicht in jener oft sinnentfremdeten Weise, die moderner Arbeit oft anhaftete.

Man gab der Erde das, was *sie* benötigte.

Und die Erde gab wiederum dem Menschen, was *er* benötigte. Dieser Austausch war gleichermaßen einfach wie genial.

»Sieh mal, vieles von dem, was du hier siehst, sieht für westliche Menschen wie Armut aus«, sagte Joty. »Aber das ist es nicht. Es ist einfach ein traditioneller Lebensstil, der sehr gut zu diesem Land passt. Diese Menschen leben alle auf ihrem eigenen Grund und Boden. Sie besitzen sowohl die Nutztiere, die du hier siehst, als auch die Häuser, in denen sie leben und sind von niemandem abhängig. Auch wenn manche der Behausungen mit Kuhdung errichtet wurden und sich im nächsten Monsun auflösen könnten; für dieses Klima reicht es. Die Dorfgemeinschaft würde in so einem Fall auch sofort helfen, alles wieder aufzubauen. Überhaupt funktioniert die Dorfgemeinschaft wie eine Sozialversicherung, die sich um alte und kranke Mitglieder kümmert. Das Elend beginnt zumeist, wenn solche Menschen Zugang zu westlichem Fernsehen bekommen. Dann glauben sie, dass anderswo alle Menschen so leben, wie sie es in amerikanischen Fernsehserien sehen. Und oft machen sich junge Menschen zu Fuß auf, in die nächste große Stadt, um dort ihr Glück zu machen. Aber sie sind schlecht ausgebildet und niemand braucht sie in diesen überfüllten Metropolen. Eine Zeitlang, werden sie für diverse Hilfsarbeiten ausgebeutet. Und wenn sie nicht mehr kräftig genug sind oder krank, dann vergrößern sie das Heer der Armen, das in den Straßen unserer Städte schläft. Und bedauerlicher Weise können sie dann auch nicht

105

mehr zurück in ihr Dorf, weil man sie dort nicht mehr akzeptiert. Ins Dorf kannst du nur zurückkommen, wenn du anderswo Erfolg gehabt hast. Wenn nicht, schämt man sich dort für dich.

Das Leben auf dem Land ist einfach, aber hier, in dieser Gegend, sehr sicher.

It will give you enough for your need,
but not enough for your greed«,
fügte er lächelnd hinzu.

»Man bekommt hier sehr viel Inspiration für die Malerei. Die Schöpfungskräfte sind allgegenwärtig. Du wirst es sehen, Finja. Ich wünsche dir viel Glück für deine neue Familie … aber wenn dein spanischer Mann das was du machst nicht wertschätzt, dann wirst du mit ihm nicht dauerhaft glücklich werden. Kreative Menschen brauchen ihre Kunst, wie die Luft zum Atmen. Eines Tages wirst du zu dir selbst, zu dem, was deines ist im Leben, zurückkehren. Aber die Pfade, die uns zu unserer Bestimmung führen, sind oft verschlungen und vieles erreichen wir nur über lange Wege.«

Als Finja nach Spanien zurückkam, hatte sie zwei neue Lieblingsfarben. Die eine war das Orange der Mangos und die andere jenes satte Gelb, das man sogar in der Malerei als Indischgelb bezeichnet; und Spanien, das ihr früher sonnig und südlich erschienen war, machte jetzt einen trockenen, dürren Eindruck auf sie.

Carlos war gerade damit beschäftigt, den Kauf eines kleinen Anwesens zu tätigen. Er brachte Finja und Fini mit dem Auto dorthin und wollte, dass sie das Haus auf seine Alltagstauglichkeit testen solle.
Finja aber weigerte sich. Das Haus war auf einem Schuttberg gelegen. Das nächste Gebäude war zwar fast einen Kilometer entfernt, aber der Hund des Nachbarn lief dort überall frei herum. Während Finja hochschwanger und wackelig auf dem rutschenden Schuttberg stand, sprang ihr der Hund auf den Bauch und warf sie um. Finja hatte Schwierigkeiten wieder aufzustehen.
»Carlos, hilf mir doch!«, rief sie.
Carlos war gerade in eine intensive Unterhaltung mit dem Nachbarn vertieft, aus der er sich nur sehr unwillig löste. Langsam kam er auf sie zu und reichte ihr seinen Arm, während er etwas irritiert die Augenbrauen hochzog.
»Mach jetzt keine so große Sache daraus!«, zischte er ihr leise zu. »Schließlich wollen wir uns doch mit unserem neuen Nachbarn gutstellen! Hier am Land ist es wichtig, gute Beziehungen zu der ansässigen Bevölkerung zu haben!«
Das Haus verfügte über einen Swimmingpool, jedoch fehlte der Schlüssel für die Hintertüre. Finja hatte sofort Angst, das Kind könnte ir-

gendwann, in einem unbewachten Augenblick ertrinken. Das kleine Mädchen war schon des Öfteren in den Swimmingpool der anderen Wohnung gefallen, hatte aber nichts daraus gelernt. Sie weigerte sich zwar jetzt, ins Wasser baden zu gehen, so ihr aber der Wind den Ball ins Pool rollte, lief sie regelmäßig zum Beckenrand und mit steif durchgestreckten Beinen (um möglichst weit vom Wasser wegzubleiben) beugte sie sich nach vorne. So versuchte sie zaghaft, den Ball aus dem Wasser zu fischen. Der aber entfernte sich, wenn sie ihn berührte. Also beugte sie sich zögernd immer weiter vor, bis sie zuletzt, durch das Gewicht ihres kindlichen Kopfes bedingt, nach vorne kippte und ins Wasser fiel.

»Du übertreibst«, sagte Carlos. »Sie wird es schon irgendwann verstehen!«

»Das ist mir zu gefährlich«, sagte Finja. »Außerdem, um das Haus herum ist nur lose Erde, das heißt, das Kind spielt den ganzen Tag im Dreck und ist jeden Abend staubbedeckt. Und hier bin ich noch isolierter! Wenn irgendetwas ist, mit dem Kind oder mit der Schwangerschaft, kann ich nicht einmal Hilfe holen. Ohne Telefon! Und zur nächsten Bushaltestelle muss man eine dreiviertel Stunde lang den Schuttberg nach unten gehen. Und der Bus fährt dann nur hin und wieder. Nein, im Notfall ist man hier auf sich allein gestellt. Hier kann ich nicht einmal allein Lebensmittel einkaufen gehen. Nein! Ich bleibe hier nicht!!«

Carlos war zutiefst beleidigt. Wortlos brachte er Finja in die Wohnung am Meer. Dann ging er, ohne sich zu verabschieden.

Nach ein paar Wochen sagte er zu ihr:
»Ich werde dieses Haus kaufen. Ob es dir recht ist oder nicht! Aber du wirst es nie betreten!«

Die Tage vergingen und Finja war die meiste Zeit am Meer oder auf dem Balkon. Sie liebte die Sonnenuntergänge und das Rauschen des Meeres, das man bis ins Bett hören konnte. Dieses sanfte und doch kraftvolle Geräusch, das sie in seinen mächtigen Armen wiegte.

Eines Tages beobachtete Finja vom Balkon aus, ein sehr großes, mageres Mädchen, das durch die Anlage irrte. Sehr helle Haut, wahrscheinlich Engländerin. Das Mädchen schien schwindlig zu sein, denn sie schwankte leicht und setzte sich immer wieder nieder auf das Gras. Finja ging nach unten und sprach die Fremde an. Sie war aus London und ihr Freund hatte sie hierher geschickt. Sie war bereits den dritten Tag hier, hatte aber in der ganzen Zeit nichts gegessen, weil sie den Supermarkt nicht gefunden hatte. Deshalb fühlte sie sich inzwischen so schwindlig, dass sie kaum mehr aufstehen konnte. Finja nahm das Mädchen mit und gab ihr zu essen. Dann zeigte sie ihr die Anlage und den Strand.

»Es gibt auch einen besseren Strand, wenn man da ein Stück die Straße entlang vorgeht. Und da vorne kommt auch ein größerer Supermarkt«, erklärte sie ihr.

Sie kamen schnell ins Gespräch.

Das Mädchen war für eine Woche hierhergeschickt worden. In die Wohnung eines Freundes ihres Freundes. Ihr Freund war ursprünglich ihr Arbeitgeber gewesen. Sie war eingestellt worden, um mit Kindern und Haushalt zu helfen. Es seien zunächst drei Kinder gewesen und die Ehefrau erwartete ein viertes. Zudem war die mehrfache Mutter an multipler Sklerose erkrankt und das Leiden entwickelte sich schubweise. Während die Frau dann das vierte Kind bekam und im Krankenhaus lag, vergnügte sich der Mann einstweilen mit dem Kindermädchen und verdrehte ihr den Kopf.

»Seit damals sind wir zusammen«, erzählte sie. »Er plant eine Zukunft mit mir, aber im Moment kann er seine Frau nicht verlassen. Sie sitzt inzwischen die meiste Zeit im Rollstuhl. Die Kinder lieben *mich* viel mehr als ihre Mutter. Deshalb reagiert sie oft recht eifersüchtig. Aber sie ist halt auch angewiesen auf meine Hilfe.

Ich war dann plötzlich schwanger, aber mein Freund meinte, es sei nicht der richtige Zeitpunkt. Er wünscht sich zwar mehr als alles andere ein Kind mit mir, aber jetzt ist es ungünstig, wegen seiner Frau. Also hat er mich ins Spital gebracht zu einem Abbruch und mich anschließend hierher geschickt, damit ich mich ein bisschen erholen kann. Es war natürlich nicht möglich, dass er mitkommt, weil er muss ja inzwischen zuhause meine Arbeit machen.«

Sie gingen jetzt zum Strand, auf einem gewundenen, schmalen Pfad zwischen dem dornigen Gebüsch, als das Mädchen plötzlich stolperte.
»Ich bin da wo hängengeblieben!«, rief sie.
Aus dem Sandboden ragte ein Stück Kabel hervor, in dem sich der Fuß des Mädchens verfangen hatte und das jetzt, durch ihren Sturz, noch weiter frei lag.
»Seltsam«, meinte Finja. »Was macht dieses Kabel hier im Sand?«

»Das ist ja interessant!«, sagte Carlos, als sie ihm später davon erzählte. »Zeig mir diese Stelle!«

»Sehr interessant … «, meinte er stirnrunzelnd, »jetzt werden wir einmal schauen, wo dieses Kabel hingeht – «

111

Es stellte sich heraus, dass das Kabel auf der einen Seite zum Strand führte, wo der Strom eine Strandbar betrieb. Nach der anderen Seite aber reichte es bis zu dem zumeist leerstehenden Hotel der Anlage und verursachte da bereits seit längerer Zeit eine unerklärlich hohe Stromrechnung. Diese war auch bei der letzten Eigentümerversammlung schon ein Thema gewesen.

»Siehst du!«, sagte Carlos. »Irgendwann klärt sich doch immer alles auf! Diese Art von Stromdiebstahl ist hier sehr beliebt. Man verschafft sich einfach Zutritt zum Technikraum und hängt den Strom der eigenen Wohnung auf den Zähler eines Nachbarn. Es dauert zumeist lange, bis das jemand bemerkt; mit Glück fällt es auch nie jemandem auf. Und selbst wenn, kann das niemand nachweisen und die behaupten dann, das Elektrizitätswerk muss den Fehler gemacht haben.

Aber gleich ein ganzes Kabel auf einer Strecke von einem Kilometer zu vergraben, ist schon dreist!!«

3

»Komm mal schnell mit dem Kind«, rief Carlos. »Wir gehen eine Nachbarin besuchen. Die sind aus der Schweiz und haben uns eingeladen.«

Die Schweizer Nachbarn servierten Kaffee und Kuchen und machten eine Zeitlang höflich Konversation. Im Anschluss an diese vertrauensbildende Maßnahme, kamen sie dann zuletzt zum wesentlichen Kern ihres Anliegens.

»Herr Doktor, sehen sie da eine Möglichkeit, wie wir zu einer unbefristeten Aufenthaltsgenehmigung kommen? Weil jetzt müssen wir alle drei Monate ausreisen und das ist sehr umständlich.«

»Das ist für mich überhaupt kein Problem!«, sagte Carlos großspurig und dann fügte er noch beiläufig hinzu: »Jetzt, wo ich neuerdings Abgeordneter der Junta de Andalucia bin, schon gar nicht.«

»Oh!«, sagte die Schweizerin bewundernd und holte noch eine Flasche Wein. »Da sind wir aber wirklich sehr dankbar. Wenn wir irgendetwas für sie tun können, jederzeit! Wenn sie zum Beispiel manchmal einen Babysitter brauchen, wir sind ohnehin fast immer da.«

»Das nehmen wir gerne an«, sagte Carlos.

Wenige Tage später gingen sie aus. Der Bruder und seine Freundin waren auch dabei. Die Frauen unterhielten sich wie üblich auf Englisch, die

Männer auf Spanisch. Nach der Flamenco-Show betraten sie noch gemeinsam eine Bar. Rodrigo bestellte eine Runde Rotwein.

»Für Finja nur Pfefferminztee!«, sagte Carlos. »Die trinkt keinen Alkohol.«

Die Männer besprachen dann, wie üblich, ihre Geschäfte und Finja hörte sich geduldig alles an, was die Freundin des Bruders über ihre Scheidung erzählte. Dabei entging ihr nicht, dass Carlos immer wieder zu einer blonden, vollbusigen Frau hinübersah, die alleine an ihrem Tisch saß.

»Gefällt sie dir?«, fragte Finja.

»Ich finde es schade, dass diese hübsche Frau hier so alleine sitzen muss«, antwortete Carlos.

»Dann geh rüber und frag sie, ob sie sich zu uns setzen will«, schlug Finja vor.

»Aber nein!«, meinte Carlos etwas verlegen. Finja aber sah, dass sein Blick weiterhin zu dieser Frau wanderte.

»Wenn du noch einmal hinschaust, dann frag *ich* sie«, sagte sie trocken.

Carlos lachte und übersetzte diese Bemerkung für seinen Bruder. Der sah ungläubig drein und die beiden Männer diskutierten daraufhin angeregt auf Spanisch, wobei Finja das meiste nicht verstand.

Wenig später sah Carlos wieder zu der Frau hinüber.

Finja stand kommentarlos auf und ging in Richtung des Tisches, wo die blonde Dame saß. Dann blieb sie etwas unsicher stehen und sah sich fragend nach allen Seiten um, so als ob sie die Toilette suchte.

»Da drüben.« Die blonde Frau deutete nach links. »Vielen Dank!« Finja suchte zunächst die Waschräume auf und blieb dort einige Zeit. Sie überlegte angestrengt mit welchen Worten sie die Frau ansprechen sollte, ohne irgendwie aufdringlich zu wirken. Am Rückweg versuchte sie wieder Augenkontakt herzustellen. Als die Frau freundlich lächelte, blieb Finja stehen.

»Hallo, woher kommen sie?«, fragte sie beiläufig.

»Aus Norwegen«, antwortete die Frau.

»Wir sitzen dort drüben und haben uns vorhin gefragt, ob sie vielleicht bei uns Platz nehmen möchten«, sagte Finja .

»Oh, das ist sehr freundlich, aber ich warte hier auf meinen Mann. Der bringt gerade noch die Kinder ins Bett«, antwortete die Frau.

»Kein Problem«, sagte Finja. »Ihr Mann ist natürlich auch willkommen.«

»Dann gerne«, sagte die Frau und folgte Finja lächelnd zu ihrem Tisch.

»So!«, sagte Finja zu Carlos. »Jetzt musst du dir keine ›Sorgen‹ mehr um sie machen. Übrigens: sie ist aus Norwegen und verheiratet; ihr Mann kommt dann auch noch.«

Es stellte sich heraus, dass die »einsame Frau« einen sehr attraktiven Mann hatte und Finja unterhielt sich an diesem Abend noch lange mit ihm.

»Du bist so verrückt!«, sagte Carlos später gut gelaunt zu Finja. »Keine andere Frau würde so was machen! Aber ich kenne dich ja schon! Deshalb habe ich heute Abend eine Wette gewonnen! Eine Wette mit einem sehr hohen Einsatz! Mein Bruder hat nämlich mit mir gewettet, dass du das nicht ernst meinst; dass du diese Frau nicht wirklich zu uns an den Tisch holst. Na ja, da hat er sich allerdings gründlich getäuscht! Ich meine, wir wetten ja öfter mal, ich und mein Bruder, aber so viel wie heute hab' ich schon lange nicht mehr gewonnen!!«

4

Finjas Sohn wurde im Sommer geboren. Als Finja und Carlos sich im Kreissaal befanden, hatte Carlos Schwierigkeiten damit, auf die Rolle eines werdenden Vaters reduziert zu sein. Er war gewohnt, in diesem, ihm sehr vertrauten Umfeld, zu dominieren, Anweisungen zu geben und Entscheidungen zu treffen.

In jener Eröffnungsphase der Entbindung, in der wenig Dramatisches geschieht, in jener Ruhe vor dem Sturm, langweilte sich Carlos sichtlich und so fing er an, sich in seine Zeitung zu vertiefen.

Finja fühlte sich allein gelassen.

»Ich will nicht, dass du jetzt Zeitung liest!«, beklagte sie sich. »Ich will, dass du jetzt wirklich mit deiner ganzen, ungeteilten Aufmerksamkeit bei mir bist! Verstehst du?«

Carlos faltete seine Zeitung unwillig zusammen und unterwarf sich seufzend der Eintönigkeit des untätigen Wartens.

»Wenn *ich* jetzt das Kind bekommen würde, würde ich trotzdem Zeitung lesen!«, bemerkte er großspurig und dann stritten sie sich.

Carlos konnte stundenlang davon schwärmen, wie sie damals, im Berlin der 60-er Jahre, die Geburtshilfe praktiziert hatten. Ohne Väter im Kreissaal, denen dann im entscheidenden Moment schlecht wurde. Die Frauen seien einfach allein in Kabinen untergebracht worden. Mit Wehenschreiber und Herztonüberwachung versorgt. Die Kabinen wurden von einer Zentrale aus videoüberwacht. So brauchte man für die inaktive Phase der Entbindung nur eine einzige Person, die alles auf dem Schirm hatte. Das war natürlich praktisch, effektiv und kostensparend gewesen.

Wenn sich dann irgendwo die aktive Phase oder ein Problem ankündigten, wurde dorthin Personal geschickt; aber nicht früher.

Besuchszeiten waren streng limitiert und die Türken, die ihre Frauen regelmäßig aus dem Spital zu »entführen« pflegten, ließ man gleich bei der Aufnahme einen Revers unterschreiben.

Die Frauen entbanden dort damals routinemäßig in Teilnarkose. Dadurch, dass ihr Unterleib gefühllos war, konnten sie während der Entbindung auch lesen, um sich die langweilige Wartezeit zu vertreiben.

»Aber du musst ja unbedingt eine ›natürliche Entbindung‹ haben!«, sagte Carlos kopfschüttelnd. »Wozu? Das ist doch, als ob man auf einen Berg zu Fuß steigt, auf den auch eine Seilbahn fährt!«

Finja fasste plötzlich nach seiner Hand und krallte bei jeder Wehe ihre Fingernägel in sein Fleisch. Wie um ihn auf ihre Ebene des Erlebens herüberzuziehen. Wie um den Schmerz mit ihm zu teilen. Sie sah ihm tief in die Augen und plötzlich fühlte Carlos sich, als stürze er in einen tiefen Brunnen. Als würde er hineingesaugt in ihre Augen, in einen Strudel von geheimnisvoller Kraft, dem er sich nicht entziehen konnte.

Und einen unendlichen Augenblick lang war ihm, als könne er durch Finjas Augen bis ins Universum schauen …

Dann wurden die Wehen vorübergehend wieder leichter.

»Ich muss kurz einen Anruf machen«, sagte Carlos.

»Ja, geh nur«, meinte Finja. »Es ist jetzt gerade wieder weniger intensiv.«

Als er zurückkam, war Carlos zerstreut und abwesend.

»Ist was?«, fragte Finja besorgt.

Carlos machte nur eine wegwerfende Handbewegung.

Der diensthabende Oberarzt steckte seinen Kopf zur Tür herein.

»Hallo, Herr Kollege aus Spanien! Sie erinnern sich doch noch an mich?! Vor einem Jahr bei der Geburt ihrer Tochter! Sie waren mit ihrer Frau auch bei uns zum Abendessen! Wissen sie noch?! Die Sachertorte meiner Frau hat ihnen so ausnehmend gut geschmeckt!«

»Ja natürlich!«, sagte Carlos. »Wie geht es immer?!«

»Alles bestens! Kommen sie doch auf einen Kaffee ins Ärztezimmer rüber!«

»Ich bin gleich wieder da«, sagte Carlos zu Finja und dann verließen die beiden Männer den Raum.

Wegen der extremen Hitze, hatte man die Fenster des alten Gebäudes ausnahmsweise geöffnet. So konnte man an diesem extrem heißen Hochsommertag im Kreissaal sogar die Vögel singen hören und ein Geruch von Gartenerde und Blumen verirrte sich zaghaft in den gewöhnlich steril abgeschlossenen Raum.

Dann kam es plötzlich nebenan, nur einen Vorhang weit von Finja entfernt, zur Geburt. Das Baby wurde geboren, aber unerklärlicher Weise kam die Nachgeburt nicht. Also bekam die Frau, nach einiger Zeit des Wartens eine Spritze, um diesen Prozess zu beschleunigen … Dann plötzlich, kam die für alle überraschende Erkenntnis, dass sich in dieser Frau ein blinder Passagier befand. Es war dem zweiten Kind tatsächlich gelungen, die ganze Schwangerschaft hindurch unentdeckt zu bleiben!

Jetzt wurde es hektisch, während alle verfügbaren Personen zu diesem Notfall eilten, um das Leben des zweiten Zwillingskindes zu retten.

Bei Finja hatte man nur eine kleine, nervöse Hebammenschülerin zurückgelassen, die sie mit schwitzenden Händen und angestrengtem Gesicht untersuchte.

»Das wird noch dauern!«, meinte sie.

Während die Schülerin sich mit dem Rücken zu Finja noch aus ihren Ärztehandschuhen plagte, entschloss sich Finjas Kind zu einem unerwartet schnellen Überraschungsauftritt.

»Das Baby kommt!«, rief Finja, die selbst von der plötzlichen Geschwindigkeit des Vorgangs überrumpelt war.

»Nein! Das kann nicht sein!« Die kleine Hebammenschülerin schüttelte vehement den Kopf, während sie sich langsam zu Finja umdrehte.

Dann erstarrte sie und hielt sich erschrocken die Hände vor den Mund.

Auf sich allein gestellt und heillos überfordert, tätigte die Schülerin einige sinnlose Handlungen. Zuletzt ergriff sie eine Schere, die Finja in den Händen des Mädchens riesig erschien und setzte einen eher zufällig platzierten, aber dafür umso größeren Dammschnitt. Erschrocken über ihren eigenen Mut, ließ sie die Schere fallen und lief dann auch fort, um Hilfe zu holen.

Die Geburt war schon fast vorbei, als sie mit Carlos und dem Assistenzarzt wiederkam. Alle drei im Laufschritt.

»Es ist ein Sohn«, sagte der Arzt. »Gratulation Herr Kollege!«
»Ein richtiges Nachmittagskaffeebaby!«, sagte Carlos stolz.

Finja verließ die Klinik bereits am nächsten Morgen; Sie wollte die wenigen Tage, die Carlos noch hier war, mit ihm verbringen und nicht im Krankenhaus.
So machte das Kind bereits an seinem dritten Lebenstag einen Ganztagsausflug um den Attersee.
Zuerst mit dem Zug bis Seewalchen, dann mit dem Bus bis Weyregg. Und zuletzt mit dem Schiff um den ganzen See herum.

»Der Prinz ist da, der Prinz ist da, jetzt bist du nicht mehr gefragt!«, sagte Carlos scherzhaft zu seiner kleinen Tochter, als sie zurückkamen.
Das einjährige Mädchen fand das überhaupt nicht lustig. Sie begann augenblicklich laut zu schreien und abwehrende Bewegungen mit ihren kleinen Händen zu machen.

Und von diesem Tag an schrie sie, wann immer sie Carlos erblickte.

Am Abend kam Finjas Patentante.

Sie war ein zutiefst religiöser Mensch und betrachtete es als ihre Aufgabe, Carlos gegenüber mutig Stellung zu beziehen. Sie sprach eindringlich und bestimmt darüber, dass es nicht recht sei, ein Baby nicht taufen zu lassen. Das Kind könne sich ja später noch selbst entscheiden, ob es eine Religion wolle oder nicht. Aber bis zu diesem Zeitpunkt sei man verpflichtet, Kinder im Schutz der kirchlichen Rituale aufwachsen zu lassen.

Und es sei auch angebracht zu heiraten, wenn man Kinder habe, fuhr die Tante unbeirrt fort.

Carlos beobachtete die kleine Frau mit einer Mischung aus Amusement und Genervtheit.

»Ganz ruhig!«, sagte er beschwichtigend. »Wir werden dieses Problem jetzt mal ganz in Ruhe lösen!«

Dann nahm er die Sektflasche und öffnete sie. Er goss dem verdutzten Baby Sekt über den Kopf und sagte salbungsvoll:

»Carlos, ich taufe dich, im Namen des Vaters und des Sohnes und des Heiligen Geistes!«

»So«, wandte er sich dann an die Tante. »Erledigt! Jetzt kommt er nicht mehr in die Hölle! Was so ein Priester kann, das kann ich auch!!«

Finjas Tante verstummte, starr vor Schreck. Sie blickte fassungslos zu Boden und bewegte lautlos die Lippen. Wahrscheinlich bat sie Gott um Verzeihung, für das blasphemische Schauspiel, das da vor ihren Augen stattfand. Die Tante war dann den Rest des Abends sehr schweigsam und Finjas Mutter bemühte sich nach Kräften, die angespannte Atmosphäre mit immer neuen, kulinarischen Genüssen aufzulockern.

Später, als sie sich in ihr Zimmer zurückgezogen hatten, war Carlos wieder in Gedanken.
»Was ist?«, fragte Finja. »Was hast du?«
»Es ist nur … Susanne hat mir gesagt, dass sie wieder schwanger ist. Und sie möchte das Kind behalten! Hiermit haben wir jetzt den Salat! Ich weiß wirklich nicht, was das ist! In allen anderen Dingen bin ich so erfolgreich, nur mit der Empfängnisverhütung klappt es überhaupt nicht!«
Finja schwieg.
Das war es also gewesen, was er erfahren hatte, als er nach jenem Anruf so abwesend in den Kreissaal zurückgekehrt war …

Am folgenden Tag ertappte Finja Carlos dabei, wie er gerade in den Dokumenten ihrer Mutter wühlte. Sie beobachtete ihn einige Minuten lang fassungslos.

»Was tust du da?«, fragte sie dann befremdet.

»Psst! Mach jetzt keinen Aufstand! Ich weiß, dass das jetzt seltsam für dich aussieht. Aber ich muss doch wissen, mit wem ich es hier zu tun habe! Weißt du, ich muss alles wissen, über die Menschen in meiner Umgebung. Auch über deine Mutter.«

»Lass das jetzt augenblicklich! Die Dokumente meiner Mutter gehen dich nichts an! Sowas tut man doch einfach nicht!«

»Das sieht alles anders aus, als es ist!«, sagte Carlos beschwichtigend. »Engelchen, bitte! Sei jetzt nicht böse! Weißt du, es gibt vieles, was du über mich nicht weißt! Vertrau mir! Später einmal, wenn der richtige Zeitpunkt gekommen ist, wirst du das alles verstehen.«

5

Wieder einen Tag später fuhren sie in die Kreis-
stadt, wo Carlos sich einen Anzug kaufen wollte.
Er war begeistert von den vielen unterschiedli-
chen Modellen mit Lodenapplikationen und
Hirschhornknöpfen. Lange schwankte er zwi-
schen drei verschiedenen Trachten-Anzügen, die
er in die engere Wahl gefasst hatte.
»Was meinst du? Welcher gefällt dir besser?«,
fragte er Finja.
»Weiß nicht.«
Sie zuckte gelangweilt die Achseln. Im Grunde
hasste sie Anzüge. Halbherzig besah sie sich die
Ware. Dann fiel ihr Blick auf den Preis und ihre
Augen weiteten sich vor ungläubigem Erstaunen.
Der eine Anzug kostete 13.000 Schilling, der
andere 14.700 und der dritte sogar 15.200.
Finja hatte bis zu diesem Zeitpunkt nicht ge-
wusst, dass es so teure Anzüge überhaupt gab.

»Möchtest du auch irgendetwas?«, fragte Carlos
pro forma, nachdem sie das Geschäft mit dem
teuersten Anzug verlassen hatten. Finja war immer nach fassungslos.
»Nein, mir ist alles, was man hier kaufen kann,
zu spießig«, antwortete sie schroff.
»Wie du willst. Aber manchmal übertreibst du!
Diese Anzüge sind doch nicht spießig. Das ist
exzellente Qualität und alte Tradition. Und das

ist wirklich schick. Mit so einem Anzug kannst du selbst in Amerika auf jede noch so elegante Veranstaltung gehen.«

»Ich finde es spießig, so viel Geld für einen Anzug auszugeben!«

»Engelchen, sei jetzt nicht böse. Wir wollen uns doch heute einen schönen Tag machen. Und außerdem: Ich bezahle das doch nicht selbst!!! Das rechnet sich alles über mein Spesenkonto ab. Ich bin schließlich Abgeordneter der Junta de Andalucia. Verstehst du?! Privat würde ich das doch niemals ausgeben. Aber die sind sehr großzügig, was die Spesen betrifft.«

Finja dachte irritiert daran zurück, wie er während der ersten Schwangerschaft davon gesprochen hatte, dass er gerne ein Mädchen hätte.

»Wenn es ein Mädchen sein sollte, dann kaufe ich ihm süße, kleine Kleidchen«, hatte er damals gesagt; und sein Gesichtsausdruck war dabei ungewohnt weich und sanft gewesen.

Er hatte ihr dann, nach Finis Geburt, eine Erstausstattung von Babybekleidung gebracht, die von seinem Sohn in den USA stammte.

»Ich lege einen sentimentalen Wert darauf, dass mein Baby die Sachen von seinem Bruder trägt!«, hatte er zu ihr gesagt.

Einige Monate später beschwerte er sich dann, weil Finja dem Kind ein selbst gestricktes Leibchen angezogen hatte.

»Bring mal was Ordentliches zum Anziehen. Das Kind kann doch nicht mit so einem Netz auf der Haut schlafen.«

»Ich habe nichts anderes«, sagte Finja.

»Wieso? Ich habe dir doch einen Koffer voller Sachen gebracht!«

»Aber Carlos, die sind doch längst zu klein!«

»Dann müssen wir halt was einkaufen gehen. Weil dieses durchbrochene Strickzeug kann für das Kind nicht angenehm sein. Das drückt ja beim Schlafen ein Muster in die Haut.«

Finja war beleidigt. Sie war stolz darauf gewesen, ihr Kind selbst mit Bekleidung versorgen zu können.

»Du musst doch jetzt deswegen nicht weinen«, setzte Carlos etwas sanfter nach. »Wir kaufen morgen etwas bei El Corte Ingles.«

El Corte Ingles hatte eine riesige Kinderabteilung, voll von wunderschöner Babybekleidung.

Den Spaniern waren ihre Kinder damals heilig. Selbst arme Leute ließen es sich nicht nehmen, ihre kleinen Töchter wie Prinzessinnen auszustaffieren.

Carlos führte Finja durch das Geschäft.

Da gab es wunderschöne Kleidchen, niedliche Strampelanzüge und entzückende Garnituren in riesiger Auswahl zu bewundern und Finja wusste gar nicht, wohin sie ihren Blick zuerst wenden sollte.

»Ach sieh nur, Carlos, wie süß!«

»Komm weiter!« Er ergriff ihre Hand und zog sie kurzerhand von den Babykleidern mit passenden Schühchen, die es ihr angetan hatten, weg.

Carlos streifte kurz durch die Gänge und sichtete das Angebot.

Dann führte er Finja zu einem Wühltisch mit Restposten.

»So, da kannst du dir jetzt etwas für dein Baby aussuchen!«, sagte er und zeigte auf den lieblosen Haufen.

Finja fühlte sich, als hätte er sie geschlagen. Sie hätte gerne etwas gesagt, aber es verschlug ihr einfach die Sprache. Sie wühlte sich tapfer durch die größtenteils schadhafte Abverkaufsware, bemüht, vielleicht doch noch etwas Schönes unter den phantasielosen Hemdchen zu entdecken.

»Mach jetzt schon endlich!«, sagte Carlos mit einem ungeduldigen Blick auf die Uhr. »Frauen!«, seufzte er dann. »Frauen und ihr Mangel an Entschlussfähigkeit! … Also, jetzt werde ich dir einmal zeigen, wie man sowas macht. Ist ja lächerlich, wie viel Zeit du mit sowas verplemperst!" Und schon fischte er flink eine Handvoll Stücke heraus.

»So! Das nimmst du jetzt und dann ab zur Kassa! Die Größe müsste passen. Die wachsen ja so schnell; das lohnt sich überhaupt nicht, da viel auszugeben. Mein Sohn in den USA, der hat ständig was Neues gehabt. Ihre ganzen Verwandten haben ihm das gekauft. Aber das ist ein Baby! Das weiß ja ohnehin nicht, was es anhat! Dem ist das ganz egal, solange es nur seine Milch hat, verstehst du!«

Finia dachte auch an Carlos' Bruder, dem sie einmal beim Übersiedeln geholfen hatten. Zwei Schränke, gefüllt mit Anzügen. Und immer wieder holte Rodrigo einen davon hervor und bemerkte bedauernd:
»Exzellenter Stoff, wunderbare Qualität, aber pasado de la moda (aus der Mode).« Und so wurden viele Anzüge zur Seite gelegt, die nicht für wert befunden wurden, mit zu übersiedeln.
»Ich muss dringend wieder neue Anzüge kaufen!«, sagte Rodrigo abschließend.

Bei seinem nächsten Besuch meinte der Bruder dann kopfschüttelnd, die Kinder bräuchten doch noch kein eigenes Bett; man könne ja zwei Fauteuils zusammenstellen. Und schon waren die Sitzgelegenheiten zusammengerückt und Rodrigo zeigte Finja, wie sie ein sauberes Handtuch so über die improvisierte Liegefläche spannen konnte, dass es den Spalt in der Mitte abdeckte.

»Nein!«, entgegnete Finja bestimmt. »Da fällt Fini raus. Sie braucht ein eigenes Bett, in dem sie sich wohlfühlt. Einen Ort, wohin sie sich jederzeit zurückziehen kann und wo alle ihre Stofftiere Platz haben! Das ist für sie wichtig.«

»Du bist zeitweise so kompliziert«, stöhnte Carlos.

»Vergiss es, da redest du gegen eine Wand!«, sagte er seufzend zu seinem Bruder. »Was die Kinder betrifft, lässt sie sich von niemandem etwas dreinreden. Und der Kleine ist überhaupt ihr heiliges Kälbchen!! Lass sie in Ruhe und misch' dich nicht ein. Weißt du, Muttertiere soll man nicht reizen … «

»Du machst viel zu viel Aufhebens!«, wandte er sich dann an Finja. »Glaubst du es bringt etwas, dass du den ganzen Tag um die Kinder herumhüpfst? Das ist völlig wertlos. Was soll das bringen, dass du die Kinder so auf dich fixierst? Glaubst du, die können ohne dich nicht überleben? Ja, *jetzt* klammert sich die Kleine an dich. Aber wenn ich dieses Kind nehme und zu jemand anderem bringe, dann schreit das halt am Anfang eine Zeitlang, doch binnen 24 Stunden hat es sich an eine neue Person adaptiert, die ihm zu essen gibt und schon bist du nicht mehr wichtig. Aus den Augen aus dem Sinn!

Es ist auch sinnlos, dass du in der Nacht ständig aufstehst und das Baby auf und ab trägst. Du verwöhnst es nur. Lass es doch einfach schreien.

Geh irgendwo hin, wo du das nicht hörst und mach die Türen zu. Dann wird er schon irgendwann müde werden und einschlafen. Diese Kinder müssen sich an dein Leben anpassen und nicht umgekehrt. Aber so, wie du die Kinder erziehst, glauben die, dass die Mutter ihr Sklave ist!! Du lässt dir viel zu viel von diesen Kindern gefallen! Verstehst du, das sind *meine* Kinder und *meine Kinder* haben alle einen starken Charakter. Der Kleine in den USA, der bekommt richtiggehend Anfälle, wenn er irgendetwas will. Das erste Mal hab' sogar ich als Arzt gedacht, das Kind hat epileptische Anfälle! Aber das ist bei dem ein ganz alltägliches Verhalten. Und da muss man sich abgrenzen, sonst zieht man den Kürzeren. Und du bist viel zu sanft und viel zu lieb, um mit diesen Kindern entsprechend umgehen zu können.«

6

In diesem Herbst lernte Finja Frank aus Norwegen kennen.

Sie traf ihn eines Tages im Supermarkt.

Finja hatte die beiden Kinder im Einkaufswagen sitzen und sie und der alte Mann stießen geradezu hollywoodreif zusammen.

»Oh, Excuse me! Do you speak English? … Are these your children?«

»Are you from England? ... Yes, the children are my own!«

»I thought you are the nanny. You look far too young to have children of your own. And actually, I'm from Norway … May I invite you to have coffee with me? They make quite good coffee in the supermarket bar!«

Sie nahmen im Freien vor dem Lokal Platz und bestellten Getränke. Die Kinder spielten währenddessen auf der Terrasse. Der kleine Carlos fand immer wieder Zigarettenstummel, die er begeistert kaute, bis ihm der Tabaksaft über das ganze Gesicht lief.

»Oh! Schnell! Das Baby!«, deutete Frank erschrocken.

»Ach, das macht er immer!«, entgegnete Finja gelassen. »Ich weiß, dass Tabak giftig ist, wenn man ihn isst. Eine Zigarette soll genug Gift enthalten, um ein sechsjähriges Kind zu töten. Aber ich kann es ihm nicht abgewöhnen, er ist geradezu süchtig danach. Und die Leute hier werfen ja alles auf die Straße. Zum Glück scheint es ihm wenigstens nicht zu schaden!«, meinte Finja, während sie seufzend das verschmierte Gesicht des kleinen Carlos mit einer in Milchkaffee getränkten Serviette reinigte.

Frank hatte die besten Jahre seines Lebens als Matrose auf See verbracht. Dadurch hatte er nie geheiratet.
»Ich wollte das keiner Frau antun, dass sie immer auf mich warten muss«, erklärte er Finja.
Inzwischen war er 70 Jahre alt und lebte zeitweise in Spanien.
Zwischen Frank und Finja entwickelte sich nach und nach eine Freundschaft. Sie trafen sich anfangs zumeist zufällig beim Einkaufen und er lud sie dann immer auf einen Imbiss in die Tapasbar des Supermarktes ein, damit sie noch ein bisschen plaudern konnten.
Diese Freundschaften, die man in einem fremden Land schließt, setzen sich oft über viele Grenzen hinweg. Irgendwo am Strand spielt es keine Rolle, wer der andere ist, wie alt er ist oder woher er kommt. Die tieferen Ebenen des sich Verstehens, treten in den Hintergrund. Die Ansprüche an gehobene Konversation reduzieren sich. Das Glück besteht schon darin, auf einer sonnigen

Terrasse zu sitzen und aufs Meer zu schauen. Und man ist immer froh jemandem zu begegnen mit dem man sich verständigen kann, in einem fremden Land. Da ist plötzlich ein Mensch, der dir zuhört, jemand, der dir Gesellschaft leistet. Ein Mensch, an den du dich jederzeit wenden kannst, wenn du etwas brauchst.

Bald fragte Finja lieber Frank als Carlos, wenn sie etwas benötigte. Und Frank tat es gut, dass ihn jemand brauchte. Und im Lauf der Zeit gefiel er sich mehr und mehr in der Rolle des »Großvaters«.

Anfangs korrigierte er die Leute noch, wenn sie ihn als »Vater« von Finja oder als »Opa« der Kinder ansprachen. Irgendwann aber, besonders als er merkte, dass Finja nichts dagegen hatte, unterließ er es, Außenstehende über die genauen Familienverhältnisse aufzuklären und auch Finia schwieg. Fortan hatten sie beide vor Ort »eine Familie«.

Carlos hingegen war in diesen Tagen sehr beschäftigt und hatte immer weniger Zeit. Er hatte Finia zwar zunächst versprochen, bald mehr von seiner Zeit mit ihr und den Kindern zu verbringen, aber das Gegenteil war der Fall. Längst kam er nicht mehr jeden Tag vorbei, sondern vielleicht noch drei Mal in der Woche.

Als die kleine Fini ihren zweiten Geburtstag feierte, war es Frank, der bei sich zuhause eine Torte und ein Geschenk vorbereitet hatte.

Carlos ignorierte den Geburtstag seiner Tochter.

»Die versteht das ja ohnehin nicht, wenn ich ihr was schenke«, meinte er nur.

»Da täuscht du dich!«, sagte Finja. »Sie versteht mehr, als du glaubst!«

Immer noch fing Fini an zu weinen, wenn sie ihren Vater erblickte. Sobald er sie ansprach, machte sie ihre immer gleichen Abwehrbewegungen mit den Händen und schrie.

»Glaubst du eigentlich, dass dieses Kind normal ist?«, fragte Carlos kopfschüttelnd, nachdem er sich wieder einmal erfolglos um die Gunst seiner Tochter bemüht hatte.

»Was ist schon normal?!«, fragte Finja zurück.

Carlos überlegte kurz.

»Das war eine gute Antwort!«, sagte er dann und wiegte seinen Kopf hin und her. »Die werde ich mir merken!«

7

Carlos verbrachte Weihnachten in den USA mit seiner anderen Familie. Susanne erwartete ihr zweites Kind in acht Wochen.

Finja feierte zusammen mit Frank.

»Wie kannst du es ertragen, ständig allein zu sein?«, fragte er sie oft kopfschüttelnd und sein Blick war dabei immer mitfühlend und besorgt.

Zuhause im Schrank, fand Finja, zwischen einigen, ihr unbekannten Kleidungsstücken, einen Brief.

Lieber Carlos!
Ich freue mich schon sehr darauf, nach der Geburt unseres Babys mit den Kindern nach Spanien zu kommen und endlich bei Dir, meinem geliebten Mann zu sein. Diesmal werde ich mir ein halbes Jahr Elternzeit gönnen und endlich einmal meine Familie genießen.

Aber warum sollen wir uns eigentlich nur am Wochenende sehen? Vergiss nicht, ich habe viel nachzuholen, und dazu reicht ein Wochenende nicht aus.

Deine, dich innig liebende, Susanne.

Unter der Unterschrift prangte ein Lippenstift-kussmund.

Sie liebt ihn, dachte Finja.
Sie hält ihn für *ihren Mann*.
Sie weiß nichts von uns.
Und sie kommt nach Spanien.

Kurz nach seiner Rückkehr, musste Carlos über-raschend wiederum in die USA fahren.

Bereits auf den Fotos vom Weihnachtsfest war Susannes Gesicht deutlich aufgedunsen gewesen. Inzwischen hatte sich dieser Zustand weiter ver-schlechtert und sie litt jetzt eindeutig an einer akuten Schwangerschaftsvergiftung, die sowohl ihr, als auch das Leben des ungeborenen Kindes bedrohte. Dadurch war es nötig, die Schwanger-schaft vorzeitig zu beenden und das Baby bereits einige Wochen vor dem errechneten Termin zu holen.

Als Carlos von dieser Reise zurückkam, war er unendlich erschöpft.

Finja hatte ihn nie zuvor in einem derartigen Zustand gesehen. So vollends erschlagen von den Ereignissen. Und so mutlos, in Bezug auf die Zukunft.

Er erzählte ihr, dass Susannes Kind ein Mädchen sei. Die Geburt habe Probleme bereitet, aber jetzt sei zuletzt doch alles in Ordnung.

»Ich würde mir so sehr wünschen, dass diese vier Kinder zusammen unter einem Dach hier in Spanien aufwachsen könnten«, sagte Carlos müde. »Aber wie soll das gehen, wenn ich mit Susanne nicht darüber reden kann, dass ich noch andere Kinder habe. Ich weiß, sie würde das nicht verkraften!«

»Du könntest mich ja als Kindermädchen vorstellen«, sagte Finja scherzhaft. Dann aber fügte sie ernst hinzu: »Am Anfang würde das gehen, aber die Kinder werden älter und du kannst unseren Kindern nicht zumuten, offiziell nur die Kinder deines Kindermädchens zu sein, damit Susanne weiterhin in ihrer heilen Welt leben kann. Irgendwann wirst du es ihr sagen müssen! *Ich* muss ja auch damit zurechtkommen!«

Carlos umarmte Finja lange und eng, bis seine Verzweiflung sich verlor im Rauschen des Meeres, das durch die Stille der Nacht bis zu ihnen vordrang.

»Al fin, cerca de ti...«, (zuletzt bin ich bei dir) flüsterte er immer wieder zärtlich. »Te quiero tanto (ich liebe dich so sehr) te quiero, mi amor. Mas que mi vida (mehr als mein Leben) te quiero«.

Und dann liebten sie sich, als ob sie dadurch die Welt noch einmal neu erschaffen könnten. Als ob der Liebesakt ihre verlorene Welt erlösen könnte. »Ich habe dich so sehr vermisst, Finia«, flüsterte er ihr leise ins Ohr, während sie sich innig umschlungen festhielten. Und dann weinte er lange in ihren Armen.

»Es gibt nicht viele Menschen, die mich weinen gesehen haben«, sagte er, nachdem er sich wieder beruhigt hatte, »vielleicht eine Handvoll; und du bist jetzt einer davon.«

8

Einige Monate später kam Susanne mit ihren Kindern in Spanien an.

Carlos brachte sie in seinem Haus unter, weit weg von allem. Er überließ ihr zunächst sein altes Auto, damit sie dringend nötige, tägliche Einkäufe selbst erledigen konnte.

Dann aber hatte er mit dem neuen Auto einen Unfall.

»Diese Küstenstraße ist geradezu kriminell!«, pflegte Carlos zu sagen …

Wie schon früher erwähnt, glich jene Straße, die sich die ganze Costa del Sol entlang zog, einer mehrspurigen Autobahn ohne bauliche Trennung in der Mitte. Es gab auch kein Tempolimit und Geschwindigkeiten von 200 Stundenkilometern und mehr, waren keine Seltenheit. Die wilden Hunde und Katzen rannten zumeist panisch los, wenn auf ihrer Seite endlich Gelegenheit dazu war, fielen dann aber häufig dem Gegenverkehr zum Opfer.

Aber auch Menschen waren oft überfordert, beim Überqueren dieser Straße.

Es gab zwar alle paar Kilometer eine kleine Unterführung, die als sicherer Durchgang für die Fußgänger dienen sollte, jedoch bedeutete das einen großen Umweg, wenn man nur kurz zum

Supermarkt wollte. Darüber hinaus, waren diese Unterführungen nach jedem stärkeren Regenfall wochenlang überschwemmt.

Einmal hatte Finja einen Unfall beobachtet. Ein älteres Paar aus England stand unschlüssig am Straßenrand. Die Frau war immer wieder der Ansicht, man könne jetzt überqueren, aber ihr Mann hielt sie zurück.

»Nein, es ist zu gefährlich! Wir zwei Alten sind nicht so schnell!«

»Ach komm schon, ich laufe jetzt rüber!«, rief die Frau zuletzt und rannte los.

Der Ehemann, der nur wenige Meter von Finja entfernt stand, musste hilflos zusehen, wie seine Frau von einem entgegenkommenden Fahrzeug erfasst wurde.

Carlos kam zufällig gerade nachhause und hielt sein Fahrzeug sofort an. Als Arzt war er verpflichtet, Erste Hilfe zu leisten. Jedoch konnte er nur mehr den Tod feststellen. Finja stand immer noch fassungslos wenige Meter entfernt.

»Ist sie wirklich tot, Carlos?«, fragte sie betroffen.

»Was machst denn *du* da?«, fragte Carlos überrascht, als er sie erblickte.

»Ich war am Weg zum Einkaufen«, antwortete sie, »und ich habe *auch* auf eine Möglichkeit gewartet, die Straße zu überqueren. Sicher 20 Minuten lang. Der Verkehr reißt ja hier um gewisse Uhrzeiten nie ab! Und diese arme Frau hat irgendwann die Geduld verloren und ist losgerannt.«

Hinten in seinem Auto, hatte Carlos eine Mappe mit Formularen; darunter waren auch Geburtsurkunden und Sterbeurkunden. Beide füllte er bei Bedarf des Öfteren direkt vor Ort auf der Straße aus, wann immer er zufällig Zeuge eines tödlichen Unfalls war; oder auch einer verfrühten Geburt.

Finja hatte Fahrten zum Flughafen erlebt, die einem Autorennen glichen. Des Öfteren war Carlos dabei sogar auf die Gegenfahrbahn hinübergefahren, da er nur so einem Unfall entgehen konnte.

Carlos hatte gute Reflexe. Eines Tages kam er mit hoher Geschwindigkeit von Malaga. Von einer kleinen Nebenstraße kam ein schwedischer Pensionist. Der kümmerte sich nicht um das Stoppschild, sondern versuchte, sich in den fließenden Verkehr einzureihen. Und das, obwohl er viel langsamer war, als die auf der Schnellstraße befindlichen Autos.
Carlos rettete ihm das Leben, indem er auswich und von der Straße abfuhr; gemäß seinem Motto: »Wenn du einen Unfall nicht verhindern kannst, dann fahr von der Straße ab, ins Grüne. Dabei

wird weniger passieren, als bei einem direkten Zusammenstoß.«

Spontan lenkte er also sein Fahrzeug dorthin, wo kein anderes Auto war. Dabei mähte er ein Gebüsch nieder und zuletzt überschlug sich der Wagen und kam dann zum Stillstand. Carlos und der Pensionist blieben beide unverletzt, aber das neue Auto hatte einen Totalschaden.

Durch dieses unvorhergesehene Ereignis, benötigte Carlos sein altes Auto wieder selbst. Fortan saß Susanne in dem Haus am Schuttberg fest.

»Du hast ja keine Ahnung, wie gut es dir vergleichsweise geht!«, erzählte Carlos. »Susanne kann dort jetzt überhaupt nicht weg und es gibt nicht einmal Wasser im Haus. Keine Ahnung, was da wieder los ist. Die Handwerker sagen zwar ständig, dass sie morgen kommen. Aber du weißt ja!! Mañana! (morgen). Immer ist alles mañana! Aber mañana kommt nie! Wenn du von denen was willst, musst du den einfach am Ärmel packen und mitnehmen. Aber ich habe keine Zeit … Stell dir nur vor! Solange das nicht in Ordnung ist, können die dort nicht einmal baden oder Wäsche waschen! Und das mit einem Baby und einem Kleinkind! Aber das ist Spanien! Die Versorgung ist hier wirklich eine Katastrophe!«

Zunächst hatte Susanne geplant, längerfristig in Spanien zu bleiben und sich beruflich nach Madrid versetzen zu lassen.

Am Ende der Elternzeit kehrte sie jedoch mit ihren Kindern in die USA zurück.

9

Seit Carlos' Bruder nach Madrid übersiedelt war, fuhr Carlos an den Wochenenden häufig zu ihm. Dadurch erneuerte und vertiefte er auch seine alten Kontakte zur Hauptstadt.

»Am kommenden Montag bringe ich eine alte Bekannte aus Madrid mit! Sie will sich bei mir, in der Praxis behandeln lassen und wir werden uns nachher noch mit ihr treffen. Ich will unbedingt, dass sie dich und die Kinder kennen lernt!«, kündigte Carlos an.
»Lucia stammt aus gutem Haus, nur leider ist sie alleinstehend mit Kind. Aber sie hat in Madrid einen Spitzenjob und darüber hinaus exzellente Beziehungen bis in die allerhöchsten Kreise«, erzählte Carlos.

Finja, Carlos, die Kinder und die »alte Bekannte« verbrachten zusammen einen Tag am Strand.
Sie aßen Paella und Fini schmeckte der Reis nicht. Sie beschäftigte sich lange damit, die wenigen, grünen Zuckererbsen aus dem Gericht herauszuklauben und sie auf ihrem Teller in einem Kreis aufzureihen.
»De la Paella le gusta solamente la guisante!« (Von der Paella schmeckt ihr nur die Erbse), lachte Lucia amüsiert.

Und als sie Fini später am Strand aufforderte, ihr etwas von ihrem Sandkuchen zu geben, reichte ihr das kleine Mädchen nur einige Sandkörner.

»Que cosa! Solamente un grano de arena para mi!« (Was! Nur *ein* Sandkorn für mich!), sagte Lucia, während sie übertriebene Bestürzung vortäuschte.

»Solamente un grano de arena y solamente un grano de amor!« (Nur *ein* Körnchen Sand und nur *ein* Körnchen Liebe), fügte Finja scherzhaft hinzu.

»Ja, ja! Sie ist nicht gerade großzügig mit ihrer Zuneigung! Da kannst du schon froh sein, wenn du ein paar Körnchen ergatterst!«, meinte Carlos seufzend. »Nimm dir lieber den Kleinen! Der ist ein Menschenfreund!«

Carlos nahm das Baby und drückte es seiner Bekannten in die Hand. Der kleine Carlos strahlte begeistert und Lucia kramte ihren Vorrat an Kinderreimen hervor, um das Baby damit zu unterhalten. Nach einer Weile begann der kleine Carlos nach Futter zu suchen und er wurde auch fündig.

Carlos kicherte amüsiert.

»Lass ihn doch ein bisschen an deiner Brust saugen, Lucia«, schlug er vor. »Steht dir echt gut, das Baby! Warte mal, ich will jetzt noch ein Foto davon machen! ... Finja! Wo ist der Fotoapparat? Hol ihn mal schnell … «

…

Später am Abend, als Lucia abgereist war, erzählte Carlos, er habe ihr am Vormittag eine Abtreibung gemacht.

»War dieses Kind von dir?«, fragte Finja einer plötzlichen Eingebung folgend.

Er schwieg kurz und sah sie an.

»War das Kind von dir?«, wiederholte sie ihre Frage.

»Ja, schon«, gab er zu.

»Und da mutest du ihr zu, dass sie mit uns und den Kindern den Tag am Strand verbringen soll und dann legst du ihr auch noch das Baby an die Brust!!? Du spinnst! Das ist einfach grausam! Ich meine, die kann sogar einen Milcheinschuss bekommen, davon. Das muss dir doch als Gynäkologe bewusst sein, dass eine Frau nach einem Schwangerschaftsabbruch eine ganz ähnliche hormonelle Disposition hat, wie nach einer Entbindung! Wie kannst du nur so gedankenlos sein!«

»Hm … Also darüber habe ich wirklich nicht nachgedacht!«, sagte Carlos überrascht. »Sei jetzt nicht böse auf mich! Ich liebe dich doch, mein Engelchen! Komm zu mir und sei wieder lieb! Du weißt doch, wie sehr ich deine Zuneigung brauche!« Und nachdenklich fügte er hinzu: »Du bist so unglaublich sensibel, du denkst sogar an so etwas! Finja, ich wünschte, alle Menschen wären wie du! … Die Welt wäre mit Sicherheit ein besserer Ort, wenn alle Menschen so wären, wie du ... Aber komm! Gehen wir jetzt schlafen. Ich bin so unendlich müde! Ich habe so viel gearbeitet letzte Woche ... «

10

Auch in der Wohnung am Meer waren die Lebensbedingungen »spanisch«.
Morgens nach dem Aufstehen, waren die großen Fragen zumeist:
Gibt es heute Wasser?
Und:
Gibt es heute Strom?
Oder gibt es – welch unverhoffter Glücksfall – heute vielleicht sogar beides?
Oder auch beides nicht!?

Kein Wasser bedeutete, kein Wäsche waschen, kein Baden, keine Spülung der Toilette …
Unten vor dem Hotel saßen die Putzfrauen dann müßig herum und genossen fröhlich plaudernd die unverhoffte, arbeitsfreie Zeit; denn ohne Wasser, kein Fenster putzen, kein Boden aufwaschen, kein Bettwäsche reinigen …

Kein Strom bedeutete, keine Kühlung der Lebensmittel im Kühlschrank, kein Warmwasser, kein Lift, kein Radio …
So Finja an Tagen ohne Strom das Haus verlassen wollte, musste sie zunächst den Kinderwagen sechs Stockwerke nach unten tragen. Dann holte sie den kleinen Carlos und ließ ihn im Kinderwagen allein, während sie Fini holte. In den Minuten, die sie dazu brauchte, hatte sie Finis

markerschütterndes Geschrei im Ohr, denn das kleine Mädchen hatte Angst, oben alleine zu warten; sie weigerte sich aber auch, selbst die Stufen zu steigen und ohne Lift gab es keine andere Möglichkeit, wie sie die sechs Stockwerke, die sie von der Außenwelt trennten, bewältigen konnten.

Endlich unten angekommen, gingen sie die Küstenstraße entlang, zum Supermarkt. Dort tauschten sich die Menschen aus. Wer kein Wasser hatte, versuchte einen Bekannten zu finden, der gerade mehr Glück hatte. Man besuchte Freunde, um dort zu duschen, oder, so der Zustand schon mehrere Tage anhielt, auch um dort Wäsche zu waschen.

Den Tag konnte man bei gutem Wetter am Strand verbringen; die Abende bei Bekannten oder in einem der Lokale.

Finja konnte sich von Fini generell nie entfernen, ohne dass die Kleine zu schreien begann. Und wenn sie andere Menschen sah, begann sie fast immer zu weinen. Das schränkte die Kontakte ein, da die meisten Menschen keine Lust auf das Geschrei hatten und sich höflich zurückzogen.

Nur Frank war immer für sie da.

Auch wenn Carlos nachhause kam, schrie das Kind und flüchtete unter den Tisch.

»Du hast überhaupt keine Ahnung, wie weh mir das tut, dass mein eigenes Kind mich als Fremden betrachtet!«, sagte Carlos wiederholte Male zu Finja.

Einmal waren sie in einem Lokal und Carlos beobachtete kopfschüttelnd, wie seine kleine Tochter eine Treppe nach oben stieg und dann weinte, weil sie nicht wusste, wie man die Stiegen nach unten nimmt, ohne sich weh zu tun.
»Hilf ihr jetzt nicht! Dann muss sie sich selbst eine Lösung überlegen!«, sagte Carlos bestimmt. Fini stand einige Minuten weinend am Rand der obersten Stufe. Dann ließ sie sich mit dem Kopf voran nach unten fallen.
»Bemitleide sie jetzt nicht!«, sagte Carlos entschieden, als Finja schnell zu Fini eilen wollte, um sie zu trösten. »So ein dummes Verhalten darfst du nicht noch verstärken indem du dich ihr zuwendest. Sie muss lernen, selbst damit klar zu kommen, wenn sie einen Fehler macht.«
Aber anstatt unterschiedliche Strategien, die Stufen zu bewältigen, zu erproben, wie Carlos sich das erwartet hatte, blieb Fini immer wieder weinend oben auf der Stiege stehen und ließ sich nach anfänglichem Zaudern, zuletzt mit dem Kopf voran, die Treppe hinunter fallen.
»Kein Tier würde so etwas Dummes machen!«, bemerkte Carlos verwundert. »Jedes Tier würde daraus lernen, wenn es einmal hinunterfällt und

diesen Fehler dann vermeiden! Dieses Kind ist schon sehr eigens!«

Der kleine Carlos wiederum war allerliebst, solange sich jemand mit ihm beschäftigte. Aber er konnte nur schlafen, während er getragen wurde. Tagsüber trug Finja ihn in einem Tragetuch. Des Nachts schlief er nie länger als zwei Stunden. Wenn er zu schreien begann, versuchte Finja schnell aufzustehen, bevor Carlos aufwachen würde. Finja trug das Baby dann stundenlang in der Wohnung auf und ab.

»Das hört jetzt auf!! Bleib liegen!«, ordnete Carlos eines Tages an.

»Du musst ihn schreien lassen. Du wirst sehen, an einem gewissen Punkt wird er müde und dann ist Ruhe.«

Der kleine Carlos hatte viel Energie.

Nach einer Stunde seufzte Carlos:

»Man darf jetzt nicht schwach werden!«, betonte er.

Nach zwei Stunden stöhnte Carlos:

»Dieses Kind ist unglaublich! Aber man darf jetzt nicht nachgeben!«

Nach drei Stunden war Carlos gereizt.

»Der muss doch jetzt endlich müde werden!«

Nach vier Stunden verstummte das Geschrei plötzlich.

»Siehst du!«, sagte Carlos großartig. »Jetzt ist es ruhig! Jetzt hat sich der endlich müde geschrien und jetzt werden wir alle gut schlafen.«

Zehn Minuten später, begann der kleine Carlos jedoch wieder zu schreien.

»Das gibt es doch nicht!«, sagte Carlos fassungslos. »Warte ein bisschen; vielleicht ist er gleich wieder weg.«

Nach einer weiteren Stunde drehte Carlos das Licht an, um auf die Uhr zu sehen.

Inzwischen war es fünf Uhr morgens.

»Hol ihn jetzt«, sagte er achselzuckend.

»So was hab' ich noch nicht erlebt!«, fügte er kopfschüttelnd hinzu.

»Der Junge hat Charakter!«

11

Finia war inzwischen fast immer mit den Kindern allein. Ein bis zwei Mal in der Woche kam Carlos noch vorbei. Er warf dann zunächst Geld in die Lade des Esstisches und begutachtete kurz die Kinder.

»Wann gehen die denn endlich schlafen?«, fragte er danach zumeist, bemüht abzuschätzen, wie lange es noch dauern würde, bis er Finja für sich haben konnte.

Auch an diesen Tagen blieb er nicht immer über Nacht.

Wenn ihm die familiäre Situation zu unruhig war, stand er irgendwann kommentarlos auf und ging.

»So geht das nicht weiter, Carlos!«, sagte Finja eines Tages verzweifelt.

»Na ja, du wolltest ja dieses Kind unbedingt behalten!«, sagte Carlos ohne von seiner Zeitung aufzublicken. »Ich habe dir von Anfang an davon abgeraten! Vergiss das nicht! Jetzt ist es natürlich zu spät!«, seufzte er, während er umblätterte.

Finja versuchte gerade das schreiende Baby zu beruhigen. Sie war chronisch übermüdet und ihre Augen waren gerötet. Die Unruhe des Kindes übertrug sich auf sie und ihre Bewegungen waren fahrig und unkontrolliert.

»Ich werde hier wahnsinnig! Ich habe jetzt seit Monaten kaum geschlafen! Ich kann nicht mehr! Und du hörst mir nicht zu!! Du nimmst mich einfach nicht ernst!«, schrie sie und platzierte den kleinen Carlos mit einem unsanften Griff in seiner Wippe. Carlos sah erstaunt von seiner Lektüre hoch. Etwas in ihrer Stimme alarmierte ihn. Er hatte sie noch nie schreien gehört.

»Ich wusste nicht, dass du hysterisch sein kannst!«, sagte er erstaunt.

Er betrachtete Finja einige Momente lang sehr aufmerksam, dann sagte er:

»So geht es wirklich nicht weiter! Du bist ja nur noch ein Schatten deiner selbst. Du musst aufhören das Kind Tag und Nacht zu stillen. Schau dich doch an! Du nimmst ständig weiter ab! Und mit der vegetarischen Ernährung, auf die du dich beschränkst, hast du nicht genug Kraft, ein Kind, das schon acht Monate alt ist, voll zu stillen. Du musst ihn zufüttern. Sieh dir doch an, wie dünn deine Haare inzwischen sind! Man sieht am Scheitel deutlich die Kopfhaut durch! Du wirst noch eine Glatze bekommen, wenn das so weitergeht.«

»Was soll ich denn machen? Er nimmt ja nichts anderes! Er spuckt alles aus!«

»Ein Kindermädchen muss her!«, entschied Carlos spontan. »Dann kannst du regelmäßig ein paar Stunden schlafen, während die mit den Kindern aus dem Haus geht und sie kann hier auch die Wäsche machen und aufräumen.«

Einige Wochen später trat Marie-José in das Leben der Familie. Sie war 15 Jahre alt und sehr tüchtig. Sie kam immer morgens, wenn die Familie aufstand. Finja bereitete dann einen Brunch zu, der den gesamten Esstisch einnahm: Kaffee für Carlos, Tee für sich selbst, Ananassaft, Pfirsichsaft, Joghurt, Cuajada, Zuckerrohrsirup und grüne Ringlottenmarmelade, Manchego-Käse, frischen, weißen „Queso de Cabra" (Ziegenkäse), milde, schwarze Oliven, in Olivenöl eingelegte, pikante Käsebällchen, Butter, Knoblauchmajonaise, frische Feigen, Erdbeeren, Nisperos, weichgekochte Eier, Toast, dunkles Brot und Magdalenas.

Marie-José frühstückte zumeist mit der Familie und man unterhielt sich ein wenig mit ihr.

Dann sprang sie behände auf und erledigte die Hausarbeit. Sie wusch die Wäsche von Hand, spülte sie zweimal in der Wanne und zuletzt unter fließendem Wasser. In weiterer Folge wrang sie die Bekleidungsstücke mit ihren kräftigen, kleinen Händen aus und hing sie zuletzt am Balkon zum Trocknen auf. Alles, was Flecken hatte, wurde waagrecht aufgelegt, damit die Sonne die Flecken herausziehen konnte. Die Wäschestücke wurden auch sorgfältig glattgestrichen oder auf

Kleiderhaken in Form gebracht, wodurch man sich das Bügeln ersparen konnte.

Dann putzte das Mädchen flink die Küche und fegte die Böden, bevor sie diese nass aufwusch.

Anschließend ging sie mit den Kindern nach draußen und Finja konnte in diesen Stunden ungestört schlafen. Marie-José hatte auch den Auftrag, einen Becher Joghurt mitzunehmen. Damit sollte sie versuchen, den kleinen Carlos zu füttern, was nach anfänglichen Schwierigkeiten auch gelang.

Manchmal beim Frühstück, besonders wenn Carlos nicht anwesend war, erzählte Marie-José auch aus ihrem Leben.

Sie seien sechs Geschwister. Fünf Mädchen und nur der Jüngste ein Junge. Der werde natürlich verwöhnt. Die Mädchen würden ab dem zehnten Lebensjahr außer Haus arbeiten und davor müssten sie zuhause die Hausarbeit machen und den kleinen Bruder nebenher beaufsichtigen.

Ihre Mutter habe für den eigenen Haushalt keine Zeit. Sie sei ständig unterwegs, zum Arbeiten. Eine tüchtige Frau sei ihre Mutter, die es im Hotel drüben bis zur Oberputzfrau gebracht hatte.

»Das ist eine sehr verantwortungsbewusste Stelle«, erklärte Marie-José stolz, »weil meine Mutter teilt die andern Putzfrauen zu diversen Arbeiten ein und außerdem gibt sie die Putzmittel aus! Das heißt, wenn sie jemanden nicht mag, dann gibt sie denen einfach keine Putzmittel und dann können die nicht ordentlich putzen. Und wenn der Chef dann kontrolliert, dann werden diese Frauen beanstandet, weil ihr Bereich nicht sauber genug ist. Das kann zum Verlust der Arbeit führen! Deshalb ist die Position meiner Mutter so wichtig! Und deshalb müssen sich auch alle anderen mit ihr gutstellen. Weil meine Mutter könnte ihnen jederzeit die Putzmittel rationieren, oder wegnehmen!«

Das junge Mädchen schüttelte sich vor Lachen.

Einmal zeigte Marie-José Finja ihre Mutter, eine kleine, hagere Frau, vom Balkon aus; und oft winkte sie ihrer »Mamá« herzlich zu, wenn diese gerade irgendwo vor dem Hotel zu sehen war.

»Ich ziehe es vor, privat bei einer Familie zu arbeiten«, sagte Marie-José. »Meine Mutter hat mich auch gefragt, ob ich noch länger in die Schule gehen möchte, aber ich wollte nicht. Seit ich zehn bin, habe ich vormittags die Schule besucht und daneben gearbeitet. Es war sehr schwierig mit den Hausaufgaben, da ich ja nach dem Unterricht sofort zur Arbeit musste und die Lehrer dafür kein Verständnis zeigten. Jetzt ist das alles viel einfacher! Wenn die Familie nett ist, dann hat man es dort gut. Es ist fast das Gleiche, wie wenn man bei sich zuhause diese alltäglichen Arbeiten macht, nur dass man dafür auch noch Geld bekommt! ... Auch wenn ich das ganze Geld an meine Mutter abgeben muss«, fügte sie mit einem leisen Bedauern hinzu. »Mein Vater ist seit Jahren Alkoholiker und geht schon lange keiner geregelten Arbeit mehr nach. Deshalb müssen meine Mutter und die älteren Schwestern das ganze Geld heranschaffen. Und wir müssen alles verstecken, weil, wenn mein Vater irgendwann nachhause kommt, nimmt er uns sonst alles weg und versäuft es wieder mit seinen Freunden! Das ist schon schwer!«

Sie erzählte Finja auch, dass sie schon seit über einem Jahr einen Freund hätte. Er sei Landarbeiter und alle zwei Wochen habe er einen freien Tag. Da würden sie sich dann treffen, vorausgesetzt, dass sie auch frei habe.

Später einmal hätten sie vor zu heiraten, aber jetzt noch nicht.

»Es ist wichtig, dass man zuerst genug Geld für die Hochzeit hat!«, betonte Marie-José. »Weil bei uns ist es Tradition, dass man das halbe Dorf einlädt. Und man hat schon den Ehrgeiz, dass es ein ganz besonders schönes Fest werden soll, von dem die Leute noch nach Jahren erzählen! Das wird aber noch ein paar Jahre dauern, bis wir das Geld beisammen haben!«

Marie-José erzählte auch, dass es hier in Spanien viele Menschen gebe, die sich für die Hochzeit auf Jahrzehnte verschulden. Sie und ihr Freund seien allerdings nicht so dumm. Sie hätten den Plan, alles bar zu bezahlen!! Aber es müsse schon ein teures Hochzeitskleid sein! Einmal im

Leben wolle sie nicht auf den Preis schauen müssen.

»Fast alles was ich habe, ist von meinen Schwestern. Ich habe noch kaum jemals etwas Neues aus einem Geschäft bekommen«, fügte sie hinzu.

»Ich muss dich etwas Vertrauliches fragen – «, wechselte sie dann das Thema. »Dein Mann ist doch Gynäkologe. Könntest du mit ihm reden, dass er mir die Pille verkauft? Weißt du, wenn ich hier zu unserem Arzt gehe, dann informiert der meine Mutter. Die meisten Ärzte verschreiben die Pille ohnehin nur für verheiratete Frauen; und auch dann nur, wenn der Ehemann sich einverstanden erklärt. Meine Mutter würde mich umbringen, wenn sie von der Beziehung wüsste! Und sollte ich schwanger werden, dann müssten wir überstürzt heiraten. Dann ist es vorbei, mit dem Traum von der großen Hochzeit. Und später müsste ich mit dem Kind dabei arbeiten gehen, was schwierig ist, weil die meisten dich nicht nehmen, mit Kind. Es ist alles so viel besser, wenn man vorher Geld spart, für die Hochzeit und für einen kleinen Anbau an das Haus seiner Eltern.«

Wenn sie vorher schwanger würde, wäre das eine Schande für die ganze Familie und ein Leben in Elend sei vorprogrammiert. Die Familie des Jungen würde dann Druck auf ihn ausüben, sie zu verlassen und einen anderen Mann würde sie mit Kind nicht finden.

»Wirklich?«, fragte Finja überrascht. »Früher mal war das bei uns auch so, aber jetzt ist es gang und gäbe, dass Männer Frauen heiraten, die schon ein Kind haben.«

»Nein, hier in Spanien ist das schwierig!«, sagte Marie-José und sie fügte hinzu: »Ein spanischer Mann macht sich seine Kinder lieber selbst!!«

»Mach dir keine Sorgen«, sagte Finja, »ich rede mit Carlos. Er wird das sicher machen.« Und wenig später war ein kostenloser Termin in Carlos' Praxis arrangiert.

»Vielen, vielen Dank! Ihr seid wirklich gute Menschen! Muy, muy bueno! Finja! Du und Carlos, ihr seid wirklich extra bueno!!«

12

»Carlos, die Kinder brauchen Schuhe!«, sagte Finja eines Abends.

»Wieso? Die sind doch ohnehin den ganzen Tag am Strand.«

»Aber schau doch, der kleine Carlos hat ein ernsthaftes Problem mit seinen Füßen. Sieh mal, der läuft doch buchstäblich auf den Fußkanten. In Schuhen haben die Füße mehr Halt und dann kann er sich daran gewöhnen, sie endlich richtig aufzusetzen.«

Es war jetzt schon zu wiederholten Malen, dass Finja das Problem mit den Schuhen zur Sprache brachte.

Carlos runzelte abwesend die Stirn. Dann griff er sich ein Stück Papier, auf das er ein paar spanische Sätze kritzelte, die zu Deutsch in etwa lauteten: »Geben sie beiden Kindern je zwei Paar Schuhe. Ihre Frau ist eine Patientin von mir. Mit freundlichen Grüßen, Dr. Carlos.«

»So«, sagte Carlos, »du fährst einfach mit dem Autobus nach Torremolinos und gehst dort zu dem Schuster rechts auf der Hauptstraße. Seine Frau ist eine Patientin von mir. Ich habe ihr vor kurzem einen Schwangerschaftsabbruch gemacht und dafür schuldet mir diese Familie noch einen Gefallen. Schließlich ist das hier illegal und ich riskiere Kopf und Kragen, wenn ich mich auf sowas einlasse!!«

Am nächsten Tag also machte Finja mit den Kindern einen Ausflug nach Torremolinos. Sie fand den Schusterladen und blieb kurz vor der Auslage stehen. Sie sah erfreut, dass es solche festen, hochwertigen Schuhe, wie sie der kleine Carlos benötigte, hier gab. Finja fühlte sich zunächst etwas unsicher, betrat dann aber beherzt das Geschäft.

»Querías algo?« (Was wünschen Sie?), fragte der Schuster. Sie lächelte freundlich und streckte ihm nach einigen spanischen Begrüßungsfloskeln den Zettel mit der Nachricht von Carlos hin. Der Mann runzelte die Stirn. Dann musterte er Finja und die Kinder ausgiebig. Zuletzt verschwand er im Hinterzimmer, das nur durch einen halboffenen Vorhang vom Verkaufslokal abgetrennt war.

Finja hörte, wie er mit seinem Bruder, der immer wieder durch den Vorhang nach Finja spähte, lautstark diskutierte.

»No conosco a aquel médico!«, verstand Finja. (Ich kenne diesen Arzt nicht!) Anscheinend hatte jene Frau ihrem Ehemann gar nichts von dem besagten Arztbesuch erzählt.

Zuletzt kam der Schuster zurück und sah Finja forschend an, wie um abzuschätzen, ob es sich bei ihr um eine Betrügerin handeln könnte. Schließlich konnte jeder ein paar Worte auf ein Stückchen Papier schreiben und irgendwas behaupten. Er wiegte seinen Kopf abwägend hin

164

und her und verschwand dann achselzuckend wieder hinter dem Vorhang. Zuletzt kam er mit vier Paar Stoffschuhen zurück, die er ihr aushändigte, ohne sie anzusehen.

»Könnte ich stattdessen die Schuhe von der Auslage haben?«, fragte Finja zaghaft. »Mein Kind hat ein Problem mit den Füßen und braucht festere Schuhe.«

»Nein!«, antwortete der Schuster schroff. »Diese Schuhe sind zu teuer, die kann ich nicht einfach so herschenken! Die Stoffschuhe hier haben leichte Farbunterschiede, dadurch kann ich sie nicht mehr verkaufen. Die kann ich den Kindern abgeben. Schließlich bin ich kein Unmensch! Im Übrigen aber kennen weder ich noch mein Bruder diesen Doktor Carlos. Und die Frau meines Bruders, die angeblich seine Patientin ist, befindet sich gerade nicht zuhause, also können wir sie nicht befragen. Das wird aber noch ein Nachspiel haben, wenn die heimkommt!! Obwohl ich mir nicht vorstellen kann, dass meine Schwägerin zum Arzt geht, ohne zu bezahlen. Also finde ich es schon seltsam, dass ich die Schuhe umsonst abgeben soll. Irgendwas stimmt da nicht!!«

Finja nahm die Schuhe, bedankte sich und verließ das Geschäft. Sie verspürte Zorn und Wut. Wie konnte Carlos sie so einer Situation aussetzen!! Dieser Schuster hatte sie behandelt, wie eine Zigeunerin, die um Schuhe für ihre Kinder bettelt. Selten im Leben hatte sie sich so entwürdigt gefühlt.

...

»Dieser Schuster hat mich abgefertigt, wie eine Bettlerin!«, sagte Finja später vorwurfsvoll zu Carlos.

»Keine Ahnung!«, meinte dieser achselzuckend. »Die Frau war immer sehr nett und hat dezidiert gesagt, wenn sie mal irgendetwas für mich tun kann – jederzeit!«

»Carlos! Ich kann so nicht weiterleben!«, sagte Finja. »Ich kann mit den Kindern nicht hierbleiben, es ist nicht gut für ihre Entwicklung. Hier am Strand ist es zwar schön, aber es fehlt jegliche Infrastruktur. Die Kinder brauchen aber ein soziales Gefüge rundherum und gewachsene Freundschaften, die länger dauern als eine Urlaubslänge. Du siehst doch, wie unglücklich Fini ist! Weißt du, ich könnte mir vorstellen, in Fuengirola zu leben. Das ist eine Ortschaft mit Schulen und Geschäften. Dort gibt es eine Bücherei und sogar ein kleines Theater. Dort leben Menschen ganzjährig mit ihren Kindern und ich könnte alle Wege, die die Familie betreffen, selbstständig erledigen.«

»Tja, es ist dir bekannt, was ich hier in Spanien zur Verfügung habe«, sagte Carlos distanziert. »Wenn es dir hier bei mir nicht gefällt, dann musst du eben in Wien bleiben!! Das ist ohnehin besser, weil du wirst dich hier nie wirklich zurechtfinden. Schon was die Sprache betrifft, nicht. Und diese Kinder brauchen Spielgefährten, da hast du schon Recht. Und später müssen sie dann die Schule besuchen. Das alles wird für dich in Österreich viel einfacher …

Es war mir immer klar, dass diese Beziehung nicht ewig halten wird«, fügte Carlos noch hinzu. »Wir sind viel zu verschieden. Wir leben buchstäblich in verschiedenen Welten.
Ich bin ein vielbeschäftigter Mann und habe keine Zeit, für dieses Kinderaufzuchtprogramm. Ich habe das auch schon hinter mir. Meine große Tochter studiert bereits!!
Und du lebst in dieser völlig unrealistischen Künstlerwelt, von der ich nichts verstehe. Ich glaube auch, dass die Welt nicht so viele Künstler braucht. Im Moment braucht die Welt ganz andere Dinge und es wäre besser, wenn du etwas Nützlicheres studiert hättest.
Solche total konträren Menschen wie wir, können sich zwar sehr lieben, aber sie sind nicht dazu gemacht, den Alltag miteinander zu teilen. Weißt du, die Philosophen haben ihre Zeit damit verbracht, die Welt zu erklären. Es kommt aber

darauf an, sie zu verändern. Und ich verändere diese Welt hier und jetzt. Ich verändere dieses Land.«

Finja schwieg.

Carlos wollte sie also nicht hierhaben. Nicht zu den Bedingungen, die sie stellen musste, zugunsten der Kinder. Er ließ ihr nur die Wahl, zu *seinen* Bedingungen zu bleiben oder zu gehen.

Und beides wollte sie nicht.

13

»Wir sehen uns kaum mehr Carlos!«, sagte Finja wenige Wochen später.

»Das liegt in der Natur der Sache. Du hast die Kinder und ich muss arbeiten.«

»Ich möchte mit dir zusammen sein! Nicht nur hin und wieder ein paar Stunden, sondern den ganzen Tag. Kann ich dir nicht in der Praxis helfen?«

Sie fuhren gerade im Auto und Carlos warf im Spiegel einen Blick auf die Kinder, die auf der Rückbank saßen.

»Ich hatte immer andere Pläne mit dir, als das hier«, sagte er und deutete auf die Kinder.

»Möchtest du mir wirklich im Familienplanungszentrum helfen?«, fragte er dann zweifelnd. »Es geht da aber in der Realität nicht so zu, wie du dir das in deiner naiven Vorstellung ausmalst.«

»Ich möchte wirklich mehr mit dir zusammen sein!«, bekräftigte Finja.

»Ach Kindchen!« Carlos wiegte seinen Kopf bedächtig hin und her. »Weißt du, mein Problem ist, dass du auch *Künstlerin* bist; und diese Künstler sind immer ein Problem. Die haben eine instabile Gefühlslage und man kann sich nicht auf sie verlassen und das ist im normalen Arbeitsleben immer ein Problem … aber ich werde darüber nachdenken …

So! Und jetzt muss ich mal dringend die Windschutzscheibe putzen, die ist voller Mücken. Man sieht ja schon gar nichts mehr!«

An der Tankstelle verlangte Carlos nach einem Kübel mit Scheibenwischer.

»Haben wir hier nicht«, sagte der Tankstellenbesitzer träge.

Carlos richtete sich auf und zeigte wichtig seinen Ausweis.

»Ich bin Abgeordneter der Junta de Andalucia! Und es ist Gesetz, dass jede Tankstelle mit Wasserkübel und Scheibenwischer samt Putzmitteln ausgestattet sein muss. Für heute kommen sie mit einer Verwarnung davon. Aber in einigen Wochen, wenn ich hier wieder vorbeifahre, werde ich das kontrollieren. Und wenn dann kein Kübel hier bereitsteht, haben sie ein Problem. Weil dann werde ich sie anzeigen!«

»Selbstverständlich! Ich habe von diesem Gesetz noch nie gehört!«, sagte der Tankstellenbesitzer verdutzt und buckelte immer wieder vor Carlos.

»Es ist Zeit, dass dieses Land endlich einmal aufgeräumt wird«, sagte Carlos zu Finja, »wir haben eine Menge neue Gesetze, aber niemand hält sich daran!«

Kurz nachdem sie ihre Fahrt fortsetzten, überholte Carlos scharf rechts um einem entgegenkommenden Geisterfahrer im letzten Moment auszuweichen.

»Baya idiota!« stöhnte er. (Was für ein Idiot!).

Sie fuhren eine Zeitlang schweigend weiter.

»Hm, du möchtest also wirklich mit mir zusammen arbeiten?«, fragte Carlos stirnrunzelnd und überlegte einige Minuten lang. »Weißt du, Finja, ich bin ein Mensch von schnellen Entschlüssen. Und eigentlich macht mich das sehr glücklich!«, sagte er dann lächelnd. »Ich möchte dich ja auch um mich haben, aber zuvor muss sich hier einiges ändern! ...
Die Kinder müssen weg, so viel ist klar!«, fuhr Carlos fort. »Du hast deine Mutterpflichten schon erfüllt! Ich kann sie zu meinem Vater nach Barcelona bringen, oder wir lassen sie in der Wiener Wohnung und setzen ein Kindermädchen dazu.

Für jetzt werde ich dir hin und wieder kleine Aufgaben geben, wo du nichts falsch machen kannst. Du weißt doch, dass ich unter anderem mit meinem Bruder auch als Geschäftsmann tätig bin. Und es ist dir ja hoffentlich inzwischen klar, dass manche dieser Geschäfte etwas sensibel sind. Da muss man immer genau wissen, mit wem man es zu tun hat; einmal der falschen Person vertraut und schon hat man ein Problem. Ich könnte mir vorstellen, dass wir da Etliches finden könnten, womit du uns helfen kannst. Aber zuerst muss das Problem mit den Kindern gelöst werden, verstehst du, das ist wichtig.

Am Wochenende werden wir eine Ex-Freundin meines Bruders besuchen. Die ist Diplomatin und kann uns da viele Wege ebnen, wenn wir geschäftlich in anderen Ländern etwas aufziehen wollen. Aber wir müssen wissen wie sie politisch eingestellt ist und was sie zu unterstützen bereit wäre. Dann können wir das alles viel besser einfädeln. Versuche, sie unauffällig auszufragen. Es wäre aus verschiedensten Gründen auch interessant für uns zu wissen mit wem die jetzt engere Kontakte pflegt … Ich weiß nur, dass sie vor einigen Jahren plötzlich unerwartet nach Nicaragua versetzt wurde. Wie dem auch sei, wir werden heute Nachmittag zuerst mit ihr essen gehen und dann werde ich dich mit ihr allein lassen«, sagte Carlos.

Schon während des Essens war Finja sehr aufgeregt und nervös. Kathy hingegen plauderte unbefangen drauflos:

»Ach ja, die spanischen Tomaten sind wirklich gut!«, schwärmte sie begeistert, während sie ihren gemischten Salat verspeiste. »Als ich noch in Sevilla wohnte, konnte ich jedes Jahr vier Ernten von Tomaten am Balkon ziehen. Bei diesem Klima muss man nur Ästchen abbrechen und in Erde stecken, es wächst alles an, solange man nur genug Wasser herbeischafft«, fuhr sie redselig fort.

Nachdem Carlos sich dann verabschiedet hatte, fragte Cathy neugierig:

»Was macht eigentlich Rodrigo, der Bruder von Carlos jetzt? Hat er eine Freundin?«

»Ja«, sagte Finja, »eine, die Carlos ihm vermittelt hat.«

»Hm …« Kathy lächelte. »Als ich den Rodrigo damals kennen gelernt habe, war mir klar, dass das kein Zufall war. Jemand hatte ihn auf dem Volksfest für mich platziert, damit ich ihn kennenlernen sollte. Ich weiß allerdings nicht wirklich, warum. Aber ich fand ihn recht sympathisch, deshalb war es mir letztlich egal.

Ach ja! Es war schon oft sehr anstrengend als ich noch in Spanien war. Das Schlimmste, was ich damals erlebt habe, war das Flugzeugunglück vom 13.September 1982. Die Maschine war damals von Madrid nach New York unterwegs. In Malaga war noch ein Zwischenstopp. Als das Flugzeug wieder startete, traten plötzlich starke Vibrationen auf. Aus diesem Grund entschloss sich der Pilot, den Start abzubrechen, obwohl er die Entscheidungsgeschwindigkeit bereits überschritten hatte. Weißt du, die Entscheidungsgeschwindigkeit ist jener Wert, ab dem man das Flugzeug nicht mehr anhalten kann. Wenn man darüber ist, muss man in die Luft. Malaga liegt auch am Meer, es wäre also kein Problem gewesen, den Vogel zunächst hochzuziehen und dann im Meer zu landen. Der Pilot hat aber versucht zu bremsen und ist zunächst in ein Flughafengebäude gerast. Danach durch eine Betonmauer. Dann hat er drei Fahrzeuge auf der Straße niedergemäht und zuletzt noch ein landwirtschaftliches Gebäude, bevor er endlich zum Stillstand gekommen ist. Am Ende ist der Treibstofftank auseinandergebrochen und in null Komma nichts war da ein gewaltiges Feuer. Einige Türen konnten leider nicht geöffnet werden, weil sie klemmten. Dadurch gab es insgesamt 50 Todesopfer.«

»Ja ich erinnere mich«, sagte Finia. »Ich bin genau an diesem Tag in Malaga gelandet und habe die zerstörten Gebäude und das ausgebrannte Flugzeug von der Luft aus gesehen. Das war schon ein gruseliges Gefühl, das so unmittelbar vor der Landung von *oben* zu sehen. Ich fühle mich während der Landung ohnehin immer sehr angespannt. Ich fliege gerne, aber der Moment, wenn das Flugzeug wieder die Erde berührt, davor habe ich Angst.«

»Ach wirklich?! So ein Zufall! Du bist ausgerechnet an diesem Tag in Malaga gelandet! Du kannst dir nicht vorstellen, was da noch los war. Amerikaner! Weißt du! … Was meinst du haben die gemacht, als es vorbei war?! Du wirst es nicht glauben, aber die haben den Piloten verprügelt!!

Ich hatte dann in den nächsten Wochen einen sehr anstrengenden Job. Wir haben Zahnarztunterlagen bekommen und sollten an Hand dieser, die Leichen richtig zuordnen. Aber verstehst du, es war teilweise nicht möglich. Das war alles eine undefinierbare Masse.

Die Spanier sind da nicht so, die waren einverstanden, dass man die alle zusammen verbrennt und den Opfern ein Gemeinschaftsgrab gibt. Das finde ich durchaus passend, denn schließlich sind diese Menschen vereint in ihrem Schicksal.

Aber die amerikanischen Angehörigen bestehen immer darauf, *ihre eigene* Leiche zu bekommen. Wie gesagt, war das in vielen Fällen nicht mehr möglich, also hat jeder das richtige Gebiss und einen Teil von dem verbrannten Fleisch bekommen, damit sie zufrieden sind.

Es war emotional sehr anstrengend und erschöpfend, immer wieder mit Angehörigen zu sprechen. So viel Schmerz! So viel Verzweiflung! Und so wenig, was man für sie tun kann.«

»Das kann ich mir gut vorstellen, dass das anstrengend war«, meinte Finja beeindruckt. »Das Jahr darauf waren auch zwei Flugzeugunglücke in Madrid. Und ganz knapp zusammen. Ich erinnere mich, dass wir ein paar Tage später in einem Konzert waren, wo eine Schweigeminute abgehalten wurde, weil – ich weiß nicht mehr, war es der Dirigent oder einer der Musiker – bei dem Absturz ums Leben gekommen war. Und ich erinnere mich noch, dass in der Zeitung stand, dass eine Mutter und ihr wenige Wochen altes Kind, die auch in diesem Absturz starben, durch das Feuer wieder zusammengeschmolzen wurden. Dieses Bild habe ich damals lange nicht aus dem Kopf bekommen.«

»Möchtest du noch etwas trinken?«, fragte Kathy. »Ich werde mir ein Glas Wein bestellen.«
»Für mich nur Tee«, sagte Finja.
Dann besann sie sich darauf, dass sie diese Frau über ihr Leben in Nicaragua ausfragen sollte.
»Wie ist es eigentlich in Nicaragua?«, fragte sie zögernd. »Wo wohnst du dort?«
»In der Hauptstadt. Und es ist eigentlich sehr sicher auf den Straßen, weil überall das Militär patrouilliert. Ich hatte auch noch nie so ein luxuriöses, riesiges Haus. Wirklich, in den ärmsten Ländern haben die Diplomaten die großzügigsten Unterkünfte. Es gibt halt sonst nicht viel, was man tun kann und man lebt sehr isoliert. Ich weiß auch, dass ich überall im Haus Wanzen habe, dadurch hat man nicht allzu viel Privatsphäre. Ich habe auch mehrere Wächter vor dem Haus, die mich rund um die Uhr bewachen. Auch daran musste ich mich erst einmal gewöhnen.«
»Hast du einen Freund?«, fragte Finja beherzt.
Kathy lachte. »Ja, einer von den Wachen. Ich weiß nicht wie viel Zukunft das haben kann, aber er ist sehr lieb. Sehr herzlich. Wir müssen halt

aufpassen, weil eigentlich darf er das nicht. Der sollte ja draußen stehen und Wache schieben und nicht bei mir im Bett liegen!«

»Das hast du gut gemacht!«, sagte Carlos später zu Finja. »Es war wichtig für uns, zu wissen, dass Kathy einen Freund hat. Weil wir hatten nämlich schon überlegt, ihr einen Mann zuzuspielen. Aber wenn sie einen Freund hat, dann können wir uns das sparen.«

»Sie hat es auch durchblickt, dass das Kennenlernen mit deinem Bruder damals kein Zufall war«, sagte Finja.

»No me digas! (Was du nicht sagst!) Die ist doch tatsächlich schlauer, als sie aussieht«, meinte Carlos. »Das hast du ganz gut hinbekommen, Engelchen!«, fügte er dann noch zufrieden hinzu und küsste Finja kurz auf die Stirn.

14

»Diese Geschäfte in Ländern der Dritten Welt sind oft etwas abenteuerlich!«, erzählte Carlos.

Einmal transportierten wir irgendwelche Medikamente nach Venezuela und unser kleines Flugzeug wurde über dem Dschungel von irgendwelchen Rebellen abgeschossen. Wir mussten dann zusehen, wie wir verschwinden, bevor jemand kommt und uns erschießt oder verhaftet. Manchmal ist es schon knapp. Damals wusste wochenlang niemand, wo ich bin und meine Mutter hat sich natürlich endlos Sorgen gemacht. Mütter spüren sowas, die spüren es, wenn ihr Kind in Gefahr ist.
Als ich dann endlich wieder mit meiner Mutter telefonieren konnte, erklärte ich ihr, dass ich in Venezuela auf Urlaub war und dass es dort halt, bedingt durch starke Regenfälle, längere Zeit keine Telefonverbindung gab. Und meine arme Mutter sagte dann ganz ahnungslos:
›Junge, dir geht's gut! Du bist dauernd auf Urlaub!!‹ «

…
Es war jetzt wieder Winter und Winter war eine nicht vorgesehene Jahreszeit an der Südküste Spaniens. Man warb immer noch mit angebli-

chen 350 Sonnentagen im Jahr, um Touristen anzulocken.

Früher einmal mochte das auch tatsächlich so gewesen sein, aber inzwischen hatte sich das Wetter durch den Klimawandel verändert. Es war jetzt viel instabiler und regenreicher als früher. Im Herbst fegten manchmal gewaltige Stürme über Land und richteten beträchtlichen Schaden an. Im Frühling kam es zeitweise überraschend zu sintflutartigen Regenfällen, die beträchtliche Wasserschäden an den Gebäuden verursachten.

Die Häuser waren für warmes, trockenes Wetter gebaut, mit Marmorböden, welche die monatelange Sommerhitze kühlten; und mit Ein-Scheiben-Verglasung im Holzrahmen, die eine natürliche Luftzirkulation ermöglichte.

So freundlich sich die Costa del Sol bei Sonnenschein auch präsentierte, bei Regen verwandelte sie sich in einen trostlosen, ungastlichen Ort. Heizungen waren in den Behausungen generell nicht vorhanden, man verwendete im Notfall Campingöfen, die mit Gas betrieben wurden oder Elekto - Heizstrahler.

Solch ein Gerät schaffte Carlos noch herbei, bevor er geschäftlich verreisen musste.

Der Heizstrahler brachte die Wohnung zwar schnell auf eine angenehme Temperatur, durch die mangelnde Isolation war es aber sofort wieder kalt, wenn man ihn abstellte. So gewöhnte

179

Finja sich an, die Heizung über Nacht neben ihr Bett zu stellen und durchlaufen zu lassen.

Eines Nachts hörte sie ein leises Geräusch, das sie zunächst nicht einordnen konnte. Finja fühlte sich dunkel erinnert an die Schlange eines Freundes in Deutschland, die einmal aus ihrem Terrarium ausgebrochen war und nachts ihr Revier auf die gesamte Wohnung ausgedehnt hatte. Das war auch so ein feines, säuselndes, leicht knisterndes Geräusch gewesen, wie sie es jetzt hörte.

Als Finja müde die Augen aufschlug, sah sie entsetzt, dass das Kabel der Heizung in Flammen stand. Schnell brachte sie die schlafenden Kinder im Nebenzimmer in Sicherheit und riss dann mit fahrigen Händen den Netzstecker aus der Dose, wobei sie einen leichten Stromschlag verspürte. Dann schlug sie mit einem feuchten Handtuch auf die Flammen ein. Währenddessen erinnerte Finja sich plötzlich wieder lebhaft an jenen Tag, an dem das Wasser in die Wohnung eingedrungen war.

An einem unglücklichen Tag konnte man alles durch Wasser verlieren.
In einer unseligen Nacht konnte man alles durch Feuer verlieren.

Und durch einen unheilvollen Zufall würde Carlos vielleicht eines Tages nicht mehr wiederkommen können.

Finja besiegte zwar an diesem Tag das Feuer, so wie sie vormals das Wasser besiegt hatte, aber sie fühlte sich fortan in dieser Wohnung nicht mehr sicher.

Einige Tage später, als Finja mit dem kleinen Carlos einkaufen gehen wollte während Fini ihren Mittagsschlaf hielt, blieb der Lift plötzlich ruckartig stecken. Finja wartete kurz, in der Hoffnung, er würde gleich von selbst wieder weiterfahren. Dann drückte sie einige Male auf den Knopf, aber nichts geschah.
Es war bedrückend still im Haus und Finja wusste, dass in den Wintermonaten niemand außer ihr in diesem Block wohnte. Sie versuchte die spanischen Aufschriften und Instruktionen an der Wand des Lifts zu entziffern.
Da war eine Glocke. Die funktionierte auch, denn Finja konnte ihr Läuten deutlich hören. Für die empfindlichen Ohren des kleinen Carlos war dieses schrille Geräusch zu viel. Er zuckte schmerzvoll zusammen und fing beleidigt an zu weinen, sooft Finja auf die Glocke drückte.

»Schnucki, das muss jetzt aber sein!«, murmelte Finja beruhigend und versuchte das Geräusch zu dämpfen, indem sie die Ohren des Kindes mit ihrer Jacke abdeckte. Dann lauschte sie wieder nach draußen. Kein menschliches Geräusch war zu hören. Ein Vogel sang sanft und melodisch, unberührt von menschlichen Problemen. Finja trommelte mit der Faust gegen die Metallwand des Lifts und rief laut um Hilfe. Aber da draußen war niemand, der sie hören konnte. Der kleine Carlos fand auch diese Geräusche unangenehm und stimmte in Finjas Rufe mit lautem Geschrei mit ein.

Finja setzte sich mit dem Kind auf den Boden des Lifts und wiegte es beruhigend auf und ab. Zwischendurch ging sie in der kleinen Liftkabine im Kreis, da sie wusste, dass der kleine Carlos am ehesten beim Spazierengehen einschlafen konnte. Das letzte was Finja sah, war sein tränenüberströmtes kleines Gesicht und die zitternde, dick vorgeschobene Unterlippe.

Dann ging das Licht aus.

Finja setzte sich wieder auf den Boden und überlegte. In einigen Stunden würde Fini aufwachen und oben in der Wohnung ganz allein sein. Marie-José war übers Wochenende zu ihrem Freund gefahren und würde erst am Montagmorgen wieder kommen. Carlos war verreist. Und ansonsten lebte derzeit niemand in ihrem Haus.

Im Nebengebäude waren die Hausmeisterfamilie und das Schweizer Ehepaar, das Carlos einmal um eine Aufenthaltsgenehmigung gebeten hatte.

Der Lift verfügte über eine Glocke und es war durchaus wahrscheinlich, dass diese Klingel im anderen Block drüben zu hören war. Sie musste es also weiterhin versuchen; auch wenn das Geräusch den kleinen Carlos ängstigte. Sie waren hier allein. Sie hatten weder zu essen noch zu trinken bei sich. Nach längeren Stunden ohne Flüssigkeit würde sie das Kind auch nicht mehr stillen können. Sie versuchte die wachsende Panik, die in ihr aufstieg, zu unterdrücken und wischte die schweißnassen Finger an ihrem Kleid ab. Mit der flachen Hand tastete sie die Wand so lange ab, bis sie den Alarmknopf wieder fand. Brrrrrrrr!! Der kleine Carlos schreckte seufzend hoch und Finja fühlte in der Dunkelheit das ruckartige Zucken seines kleinen Körpers und sein stoßweises Einatmen, bis er dann wieder aus vollen Kräften schrie. »Eigentlich ist es gut, wenn das Kind schreit«, ging es Finja durch den Kopf, »vielleicht hört ja *das* jemand!«

Aber draußen blieb alles still. Selbst der Vogel, der vorhin nach gesungen hatte, war inzwischen verstummt.

Finja hätte gerne gewusst, wie viel Zeit schon vergangen war. Sie hatte keine Ahnung, wie spät es sein konnte. Durch die Dunkelheit hatte sie jegliches Zeitgefühl verloren. Gefangen in einem zeitlosen, lichtlosen, von engen Grenzen umgebenen Raum, schrumpfte die Welt auf zwei trostlose Quadratmeter zusammen, schwarz und stickig; ein Geruch nach Schweiß und Metall; nach Schmieröl und nach jener die Atemwege leicht reizenden, flüssigen Chlorbleiche, mit der man in Spanien gewöhnlich die Böden aufwusch.

Plötzlich vermeinte Finja eine Männerstimme zu hören.
»Hallo! Können sie mich hören! Ich bin mit meinem Baby im Lift eingesperrt! Bitte, helfen sie uns!!«, rief sie und wartete kurz auf Antwort. Doch die Männerstimme wurde schon wieder leiser …
»Hilfe!!«, schrie sie und der kleine Carlos unterstützte sie mit seinem Geschrei.
Dann endlich hörte Finja eine Stimme ganz in der Nähe:
»Ist da jemand drinnen? Was ist passiert?«
Finja fiel ein Stein vom Herzen. Endlich hatte sie jemand gehört.
»Ich bin im Lift stecken geblieben. Ich bin hier mit meinem Baby eingeschlossen und im sechsten Stock oben ist mein Kleinkind alleine in der Wohnung. Bitte helfen sie uns!!«, rief sie mit vor Aufregung heiserer Stimme.

»Ich habe leider auch keine Möglichkeit, sie da rauszuholen«, antwortete der Mann. »Aber keine Sorge! Es ist zwar schon alles zu fürs Wochenende, aber ich werde jetzt sofort ein Telefon suchen und veranlassen, dass von der Liftbetreiberfirma jemand kommt. Beruhigen sie sich! Es kann ein bisschen dauern. Aber so schnell wie möglich wird jemand kommen. Hilfe ist gleich unterwegs!!«

Als die Männer dann kamen und Finja befreiten, war es bereits Abend. Sie fühlte sich etwas schwindelig, als sie die Liftkabine verließ.
»Da, trinken sie etwas!«, sagte der eine Mann und hielt ihr eine Wasserflasche hin.
Der kleine Carlos lachte begeistert, als er die drei fremden Gesichter sah und streckte dem älteren Mann seine Ärmchen entgegen. Der Mann hob ihn hoch und der kleine Carlos klatschte kräftig mit den Händen auf seine runzeligen Wangen.
»Gracias! Muchas gracias! Aber ich muss jetzt schnell nach meiner Tochter sehen, die ist allein in der Wohnung.«
»Haben sie ihre Schlüssel?!«, fragte der Mann. »Noch sind wir da!!«
»Ja, alles ok«, sagte Finja und fühlte erleichtert den Schlüssel in ihrer Hand.

Oben in der Wohnung war noch alles still.

Finja ging erleichtert in die Küche und stellte Teewasser auf den Herd.

Dann setzte sie sich auf den halbrunden Balkon und ließ ihre Augen in die Ferne schweifen, dorthin, wo die Krümmung des Horizontes deutlich als große, alles umspannende Linie sichtbar war. Und in der Ferne, die Gebirge Afrikas.

Und Finja sah nach Westen und genoss schweigend den Sonnenuntergang.

15

»Ach Engelchen, was machst du für Sachen!«, sagte Carlos, als er zurückkam und von dem Brand der Heizung und dem steckengebliebenen Lift erfuhr.

Einige Tage später brachte er ein langes Kletterseil.

»Das ist lang genug, dass man sich im Ernstfall damit vom Balkon abseilen kann!«, sagte er. »Es ist immer gut, wenn man auf alle Eventualitäten vorbereitet ist. Und wenn wir Wasser haben, lässt du am besten immer die Badewanne volllaufen, dann hat man eine gewisse Reserve.«

Einige Tage später trafen sie den Hausmeister und einige Nachbarn und Carlos brachte sofort das Problem mit dem Lift zur Sprache.

»Ah!«, sagte die Schweizer Nachbarin. »Ich hab' das Klingeln unlängst gehört! Ja, ja, das hört man schon bei uns hier im Block, wo der Hausmeister ist.«

»Ja, die Klingel im Lift ist mit unserer Wohnung verbunden«, meinte der Hausmeister, »aber ich bin nicht immer zuhause. Tut mir leid, aber an dem Tag war ich gerade in der Stadt unterwegs.«

»Aber man hört es!!«, machte sich die Nachbarin noch einmal wichtig.

»Tja, dass man es hört alleine, bringt nichts, es kommt darauf an, dass sich dann was bewegt!!«, sagte Carlos kopfschüttelnd. »Wenn sie glauben, es ist der Wecker vom Nachbarn, dann bringt das gar nichts!«

»Oh, Herr Doktor! Weil wir sie gerade zufällig sehen, was ist jetzt eigentlich mit unserer Aufenthaltsgenehmigung? Dürften wir sie ganz lieb erinnern!«

»Im Prinzip ist das für mich eine Kleinigkeit«, sagte Carlos, »ich bin nur immer so beschäftigt!«

»Ach bitte, bitte, denken sie an uns! Es ist für uns wirklich sehr wichtig!«

»Das ist doch jetzt über ein Jahr her, dass du denen diese Aufenthaltsgenehmigung versprochen hast!«, sagte Finja später vorwurfsvoll zu Carlos.

»Ach, Kindchen, glaubst du, ich hab' nichts anderes zu tun?«

»Dann versprich ihnen nichts! Du hältst die Leute ja zum Narren!«

»Engelchen, dieser Lift ist eine Katastrophe!«, sagte Carlos zu Finja, nachdem er einige Tage später selbst darin stecken blieb. »Aber ich habe schon eine Idee. Sieh mal, wir stellen hier einen Sessel in den Lift. Weil, weißt du, meistens bleibt er irgendwo zwischen zwei Stockwerken stehen und dann kann man immerhin noch die Türe öffnen und wenn du auf den Sessel steigst, kannst du wahrscheinlich im nächsthöheren Stock rausklettern!«

»Sag mal, der alte Norweger mit dem du immer herumziehst, will der was von dir?«, wechselte Carlos unvermutet das Thema.

»Nein, der ist schon 70«, meinte Finja.

Carlos grinste zweifelnd.

»Na ja, bei einem 70-jährigen Norweger ist das möglicherweise sogar wirklich so. Bei einem 70-jährigen Spanier wäre das anders!«, sagte er überzeugt. »Mein Vater ist fast 80 und er fährt noch jeden Tag mit dem Motorrad. Er nimmt täglich eine kalte Dusche und lebt mit einer relativ jungen Frau zusammen! Und das, obwohl er Krebs hat! Aber der ist nicht kleinzukriegen. Der war General in der Franco-Armee und diese Leute haben halt eine andere Härte. Wir sind politisch immer auf verschiedenen Seiten gestanden, mein Vater und ich; aber menschlich habe ich ihn immer bewundert.«

Dann wechselte er abermals das Thema:

»Ich muss nächste Woche wieder ein paar Tage verreisen. Es tut mir leid. Aber schon bald wirst du mich auf meine Reisen begleiten. Ich muss nur noch in Wien eine Betreuung für die Kinder organisieren. Du hast deine Pflicht schon getan! Auf dich warten schönere Aufgaben, das weiß ich!! Ich freue mich auch darauf, endlich wieder mehr Zeit mit dir zu verbringen, so wie früher! Ich liebe dich, mein kleines Engelchen mit den lockigen Haaren. Schau nur, wie uns die Leute hier alle beobachten. Die kommen nie auf die Idee, dass wir ein Paar mit zwei Kindern sind! Die glauben alle, du bist eine junge Touristin, die ich mir gerade aufgerissen habe. Die denken alle: Was will der alte Spanier mit dieser jungen Ausländerin. Aber die sind nur neidisch.« Und versonnen fügte er hinzu: »Wir werden es uns schön machen. Du wirst schon sehen. Auf uns warten noch viele schöne und verantwortungsvolle Aufgaben. Und du wirst mich begleiten.«

16

Carlos war verreist und Finja hatte viel Zeit nachzudenken. Zwischen Nachmittagen am Strand mit den Kindern und einfachen Gesprächen mit Marie-José, die schon durch Finjas bescheidene Spanischkenntnisse Grenzen hatten, quälte sie die Frage, wie das alles weitergehen sollte.

Sie liebte Carlos und wäre am liebsten jede Minute mit ihm zusammen gewesen. Aber hatte diese Beziehung eine Zukunft? Sie wusste letztlich nichts Genaues über ihn. Wer war dieser Mann, von dem sie jetzt zwei Kinder hatte. Er war Arzt und er war Abgeordneter der Junta de Andalucia, soviel war klar.

Aber was waren das für Geschäfte, die er mit seinem Bruder zusammen tätigte? Letztlich hatte sie keine Ahnung. Sie wusste nicht, für wen er tätig war und für welche Ziele. Was war es, in das er beabsichtigte, sie mit hineinzuziehen? Waren diese Geschäfte wirklich gefährlich und vielleicht sogar teilweise illegal? Oder täuschte er das alles nur vor, um sich interessant zu machen? Um einen schlüssigen Grund zu haben, Finja zu isolieren.

Denn er isolierte sie wirklich. Wann immer Finja neue Bekannte hatte, befahl Carlos ihr kurze Zeit später, den Kontakt mit ihnen abzubrechen.

»Ich glaube, die wollen sich über dich an mich heranmachen!«, sagte er dann. Oder: »Die stellen so seltsame Fragen, ich verbiete dir, weiterhin mit ihnen Kontakt zu haben!«

Inzwischen waren zehn Tage vergangen, ohne dass Carlos zurückgekommen wäre. Finja war sich nicht mehr sicher, ob er seine Rückkehr für Sonntag oder Montag angekündigt hatte, aber inzwischen war es Donnerstag. Das Geld, das Carlos in der Lade hinterlassen hatte, ging langsam zur Neige und Finja fühlte eine wachsende Unruhe, die sie von Tag zu Tag und von Nacht zu Nacht immer stärker umspann. Manchmal schreckte sie nachts hoch, weil sie vermeinte, das Geräusch des Schlüssels im Schloss zu hören. Aber da war niemand.

Am Nachmittag des zwölften Tages, setzte Finja beide Kinder in den Kinderwagen und ging die Straße entlang, zum Supermarkt. Sie beobachtete, wie ein Auto eine Katze überfuhr, die einige Meter durch die Luft geschleudert und dann von den nachfolgenden Fahrzeugen plattgefahren wurde.
Plötzlich wünschte Finja sich, einen Unfall zu haben. Einen Unfall, in dem sie und die Kinder sterben würden. Die Vorstellung, dass dieses unendlich sinnlose Leben, das sie hier führten,

mit einem Schlag für immer vorbei sein könnte, erschien Finja ungemein tröstlich. So, als hätte man einen Fehler rückgängig gemacht; den Fehler der eigenen Existenz.

Jetzt zu sterben, würde alle zukünftigen Probleme verhindern. Alles Leid, das ihr und den Kindern noch bevorstand im Leben, würde einfach nicht stattfinden. Finja malte sich in ihrer Fantasie den Aufprall aus; voll Energie; fast schon ein Urknall.

Vor dem Supermarkt sah sie kurz nach beiden Seiten und schickte sich an, die Straße zu überqueren. Dann plötzlich geschah etwas Seltsames. Von der linken Seite her näherte sich ein Fahrzeug, das sie wohl gesehen hatte, das aber, als sie den ersten Fuß auf die Straße gesetzt hatte, noch weit entfernt gewesen war.

Der Wagen näherte sich mit unglaublicher Geschwindigkeit.

Wie ein Geschoß kam er im Bruchteil einer Sekunde näher, wie ein unausweichliches Schicksal.

Finja schreckte hoch und war augenblicklich hellwach.

Sie sah kurz nach vorne.

Von der Gegenseite kam gerade kein Auto.

An dem gelben Geschoss führte kein Weg mehr vorbei. Es war schon zu nahe, um vorne am Kinderwagen vorbei zu fahren.

Es war zu schnell, um anzuhalten.

Viel zu schnell.

Sicher über 200 km/h.

Wenn sie mit dem Kinderwagen vorwärts lief, würde das Auto wohl sie treffen.

Wenn sie hingegen stehen blieb, würde es wie ein Pfeil, den Kinderwagen abschießen.

Der Unfall, den sie sich eben gewünscht hatte, war zum Greifen nahe.

Es war ein Reflex, als Finja mit all ihrer Kraft den Kinderwagen anstieß und dann losließ. Wie ein gelber Blitz schoss der Sportwagen zwischen ihr und dem Kinderwagen hindurch und im Bruchteil einer Sekunde war er schon wieder weit fort, wie ein Komet, welcher der Erde einen Augenblick lang erschreckend nahe gekommen war.

Dann rannte Finja los und ihre Hand erreichte den Kinderwagen, einen Moment bevor er auf dem unebenen Terrain der anderen Straßenseite umkippte.

Finja musste sich neben dem Kinderwagen auf den Boden setzen. In den heißen, sandigen Staub. Ihre Beine zitterten und trugen sie nicht mehr. Sie kauerte sich zusammen und hielt mit einer Hand krampfhaft das Gestänge des Buggys umklammert. Die andere Hand hielt sie zur Faust geballt vor ihrem Mund und sie biss auf ihren

Daumen, bis sie den Schmerz wieder spüren konnte. Dann ließ der Schock langsam nach.

Finja stand auf und schob die Kinder langsam den Hügel zum Supermarkt hoch. Dort setzte sie sich auf die Terrasse und bestellte un cafe con leche y almendras (Kaffee mit Milch und Mandeln).

Finja öffnete den Gurt des Kinderwagens und die Kinder stiegen aus und spielten auf der Terrasse des Cafés.

Lange saß Finja dort, ohne einen einzigen Gedanken zu denken.

Ihr Kopf war leer.

Sie war gerade einem Kometeneinschlag entgangen.

Frank kam etwa eine halbe Stunde später.

»Finja!«, sagte er nur, nachdem er ihre Geschichte gehört hatte und ergriff ihre Hand. »Du zitterst ja immer noch! Komm mit zu mir. Es ist nicht gut, wenn du jetzt allein bist.«

An diesem Abend erzählte Finja Frank von ihren Sorgen. Davon, dass Carlos nicht zurückgekommen war. Davon, wie sie sich auf dem Weg zum Supermarkt den Tod gewünscht hatte. Darüber, dass sie nicht wusste, wie dieses Leben weitergehen sollte; darüber, dass es so, wie es war, nicht weitergehen konnte.

»Ach Mädchen!«, sagte Frank wehmütig. »Wenn ich 30 Jahre jünger wäre, würde ich dich heiraten und du müsstest dir nie wieder um irgendetwas Sorgen machen. Ich würde dich keinen Tag allein lassen!

Aber so bin ich nur ein alter Mann. Bestenfalls ein Opa für deine Kinder. Und du bist für mich wie eine Tochter. Du weißt ja, ich habe meine besten Jahre auf See verbracht. Dadurch habe ich nie eine eigene Familie gehabt. Aber ich war immer der aufrichtigen Meinung, man darf das keiner Frau antun, dass sie ihr Leben damit verbringen muss, auf einen zu warten. Ich kann dir nur einen Rat geben. Verlass diesen Mann, bevor es zu spät ist! Du hast Besseres verdient!«

17

Drei Tage später tauchte Carlos wieder auf. Er war zerstreut und erschöpft.

»Tut mir leid, Engelchen«, sagte er. »Es geht nicht immer alles nach Plan. Hast du noch genug Geld gehabt? Ich habe mir wirklich Sorgen um euch gemacht. Nächstes Mal muss ich euch mehr Geld dalassen, damit ihr im Notfall nicht gleich ohne irgendwas dasteht. Ich will nicht, dass du dir von dem alten Norweger Geld borgen musst. Das finde ich peinlich.«

Einige Wochen später kam ein großer Sturm und warf die Balkonmöbel um. Dabei zerbrach die Balkonverglasung, sodass ein großes Loch mit gezackten Rändern im Glas klaffte.

»Carlos, das kann so nicht bleiben! Das ist gefährlich!«, sagte Finja verzweifelt. »Nicht auszudenken, wenn sich die Kinder da verletzen!«

»Hm … «, brummte Carlos. »Du musst ihnen halt beibringen, dass sie da wegbleiben. Schau, um dich zu beruhigen, werde ich da jetzt von beiden Seiten Karton darüber kleben. Sehr elegant sieht das zwar nicht aus, aber du sollst ohnehin niemanden in die Wohnung lassen. Du weißt ja, ich mag es nicht, wenn fremde Menschen da in meine Privatsphäre eindringen. Und dann vielleicht noch überall herumerzählen, wie unaufgeräumt es hier ist! Das braucht man nicht! Geht niemanden etwas an, wie wir hier wohnen. Irgendwann werden wir das kaputte Glas schon richten. Aber du weißt ja, wie schwierig das hier ist mit den Handwerkern. Die kommen doch nie zu ausgemachten Terminen. Und dieses große Glas zu tauschen, das ist schon ein größerer Aufwand, das kann man gar nicht machen, während hier jemand wohnt … Na ja, die paar Monate, bevor du nach Österreich fährst, wird es schon irgendwie gehen.«

Wenige Wochen später läutete es an der Tür. Die Nachbarin, der die darunterliegende Wohnung gehörte, war eben angekommen und hatte ihr Apartment in einem unglaublichen Zustand vorgefunden.
Der Wasserschaden von vor zwei Jahren, hatte Spuren hinterlassen.
Sie forderte Finja und Carlos kommentarlos auf, mit ihr nach unten zu kommen.
Der Anblick machte sprachlos. Wände und Decke waren schwarz vom Schimmel, der sich in der ungelüfteten, leerstehenden Wohnung ungestört ausgebreitet hatte und ein modriger Geruch verschlug einem den Atem.
Selbst Carlos war beeindruckt.

»Nehmen sie sich ein Hotel. Ich werde Handwerker organisieren, die das in Ordnung bringen!«, versprach er ohne weitere Diskussion.
Die jammernde alte Dame beruhigte sich nur sehr langsam.
»Ach Gott, hier in Spanien gibt es immer Probleme! Ich vermisse jetzt schon meine Italiener. Ich habe auch eine Wohnung in der Nähe von Venedig und das ist schon ganz ein anderes Flair!«

»Sie ist eine durchaus gebildete, alleinstehende, alte Dame ... Sie war nie verheiratet und hat keine Kinder. Eigentlich schade, wenn so eine intelligente Frau keine Nachkommen hat. Mit so einer Person würde ich gerne ein Kind gehabt haben«, sagte Carlos zu Finja. »Das wäre schon interessant, was da dabei herauskommen könnte. *Sie* ist sehr intelligent und *ich* bin sehr intelligent. Mit Glück kommt dabei ein Genie heraus!«
»Du bist pervers!«, entfuhr es Finja.
»Engelchen!«, sagte er mahnend. »Sei doch nicht böse!
Kennst du den Witz, wo die Schauspielerin Marilyn Monroe und der Wissenschaftler Albert Einstein einander treffen und sie sagt zu ihm:
›Stellen sie sich einmal vor, wir hätten ein Kind zusammen und es erbt meine Schönheit und ihre Intelligenz!‹
Und Einstein überlegt kurz und sagt:

›Ja, gnädige Frau, aber jetzt stellen sie sich einmal vor, das Kind erbt meine Hässlichkeit und ihre Idiotie!‹ «

Carlos lachte laut und lange mit glucksenden Geräuschen, die Finja an ihm noch nicht kannte.

» … meine Hässlichkeit und ihre Idiotie!! Ist das nicht großartig!! Es ist nicht überliefert, was die Schauspielerin geantwortet hat. Es ist auch nur eine Anekdote. Aber er hatte recht; möglich wäre es!!«

»Sag mal, findest du es eigentlich normal, dass du mit jeder Frau Kinder haben willst, die etwas intelligenter ist, als der Durchschnitt?«, fragte Finja ihn später am Abend.

»Was ist schon normal!?«, antwortete er großspurig und blickte von seiner Zeitschrift auf. »Fühl mal, ich habe hier am Kopf zusätzliche Gehirnwindungen, das ist sehr selten. Es gibt Wissenschaftler, die glauben, dass sich das Gehirn des Menschen in der Zukunft noch einmal aufwölben wird und mein Kopf stellt eine Übergangsform dar. Zum Glück habe ich keine Glatze, wie mein Bruder, so sieht das niemand. Das wäre schon recht auffällig, wenn ich da mit so einem Kopf herumlaufe, wie ein Außerirdischer!!

Da, lies das mal!. Seit einiger Zeit gibt es eine neue Krankheit, die heißt AIDS. Voriges Jahr hat es noch geheißen, diese Krankheit bekommen nur Schwule und Fixer. Da hieß es noch in den Fachzeitschriften, dass durch normalen Geschlechtsverkehr die Übertragung nicht möglich sei, weil die Scheide drei Lagen von Schleimhautgewebe hat und die kann das Virus nicht durchdringen. Die Schleimhaut im Analbereich hingegen hat nur zwei Schichten und die schafft das Virus offensichtlich mit Leichtigkeit.«

»Wie praktisch!«, sagte Finja. »Eine Krankheit, die nur Schwule und Fixer bekommen. Natürlich glauben jetzt diese ganzen religiösen Fanatiker, das ist eine Strafe Gottes!!«

»Aber jetzt gibt es Hinweise, dass das auch zwischen Mann und Frau übertragen werden kann!! Hm, weiß man natürlich nicht, ob die das nicht auch durch Analverkehr übertragen haben oder durch kleine Wunden im Bereich der Geschlechtsorgane, besonders während die Frau die Regel hat!

Schau, das hier ist auch interessant. Da hat einer eine Pflanze gezüchtet, die nach oben Tomaten und nach unten Kartoffeln produziert. Der wird sicher den Nobelpreis dafür bekommen. Stell dir nur vor, was das für ein Potential hat. Man kann auf der gleichen Fläche das Doppelte an Nahrungsmitteln produzieren. Das müsste zum Beispiel für China sehr interessant sein.«

»Hm, ich mag natürliche Pflanzen eigentlich lieber«, sagte Finja zögernd, »aber interessant ist es schon!«

…

Finja bereitete inzwischen ihre Abreise nach Wien vor, wo sie den Sommer über zu bleiben pflegte, wenn es in Spanien zu heiß war. Sie bat Carlos um nichts mehr. Die Kinder hatten immer noch keine Schuhe und die Füßchen des kleinen Carlos bogen sich beängstigend. Finjas eigene Füße steckten in Mokassins, aus denen sich die Einlage gelöst hatte, wodurch jetzt die vier kleinen Nägelchen, mit denen der flache Absatz befestigt war, in ihren Fuß stachen. Sie hatte sich inzwischen fast schon daran gewöhnt, ein gefaltetes Papiertaschentuch über die Stelle zu legen, um das Gehen erträglich zu gestalten. Dennoch war das keine Dauerlösung.
Finja war froh, nach fast einem Jahr endlich wieder nach Österreich zu kommen, wo sie sich um all diese Dinge kümmern konnte, ohne Carlos zu belästigen.
Sie wollte, dass er sich bei ihr wohlfühlte. Sie hatte sich immer gewünscht, er würde in ihrer

Gegenwart verweilen, wie in einem Garten. Aber der Garten war dürre geworden. Wenn er jetzt zu ihr kam, war es eher, als würden sie beide barfuß über spitze Steine laufen.

»Engelchen, nach dem Sommer wird alles anders!«, sagte Carlos. »Wir finden in Wien jemanden für die Kinder und du kommst mit mir!«

18

Eines Tages kam Carlos mit seinem 13jährigen Sohn vorbei.

»Der junge Mann ist wieder einmal aus dem Internat ausgerissen«, erklärte Carlos. »Ich werde später seine Mutter anrufen müssen, damit sie sich keine Sorgen macht.

Jedenfalls will er in das Internat nicht mehr zurück. Er ist ein lieber Junge, weißt du. Und ich habe immer viel zu wenig Zeit für ihn gehabt. Das Internat legt halt auf lauter Dinge Wert, auf die es im wirklichen Leben gar nicht ankommt.

Ich werde ihm eine Privatlehrerin besorgen, damit er seinen Schulabschluss machen kann. Ich habe da eine Patientin, die ausgebildete Lehrerin ist, aber derzeit arbeitslos! Die ist sicher froh um einen derartigen Job.

So ein Junge ist auch in einem schwierigen Alter. Der will Sex haben, kann das aber in unserer Gesellschaft noch nicht.

Und in dem Internat kann er leicht schwul werden, wenn diese Jungs sich gegenseitig aushelfen. Das wäre für mich eine große, persönliche Niederlage, weißt du. Einen schwulen Sohn könnte ich nicht verkraften.

Du weißt ja, in Torremolinos, da ist abends alles unterwegs, was es gibt. Transvestiten, Prostituierte, Schwule, die kleinen Jungs Geld anbieten

… Da gibt es viele Verlockungen, für so einen herumstreunenden Jugendlichen.

Wenn ich dahinterkommen sollte, dass ein Mann meinen Sohn verführt, oder dass er ihm Drogen gibt, ich würde diesen Mann ausforschen und ohne mit der Wimper zu zucken, töten. Da darf man nicht so viel Aufhebens machen. Solchen Abschaum wird man nur los, indem man rigoros durchgreift. Solche Menschen gehören eliminiert, dann können sie keinen weiteren Schaden mehr anrichten.«

»Du kannst doch nicht jemanden umbringen, nur wegen ein bisschen Gras!«, sagte Finja befremdet.

»Drogen sind Drogen! Da geht es ums Prinzip! Und weiche Drogen sind der Einstieg zu harten Drogen. Da ist sich die medizinische Forschung einig.«

Finia ließ ihn reden. Sie wusste, dass er ihr jetzt nicht mehr zuhörte.

...

»Weißt du, ich habe mir überlegt, dass ich gerne hätte, dass du meinen Sohn in die Liebe einführst«, sagte Carlos. »Wir werden in den nächsten Wochen einmal zusammen ausgehen und dann nehmen wir ihn über Nacht mit nachhause.«

»Aber, dein Sohn ist doch noch so jung!«, sagte Finja. »Warum willst du dich da unbedingt in seine Entwicklung einmischen? So ein junger Mensch sollte doch zuerst einmal ganz langsam die Liebe für sich entdecken. Da geht es doch nicht nur um Sex. Der hat doch in seinem Alter alle Zeit der Welt. Und wenn er sich erst einmal richtig verliebt, dann wird sein natürlicher Instinkt ihn sicherlich irgendwann in die körperliche Liebe einführen. Es ist doch so viel schöner, wenn junge Menschen diese Dinge für sich selbst entdecken können«, versuchte Finja hilflos einzuwenden.

»Engelchen, davon hast du keine Ahnung. Sex und Liebe, das geht am Anfang selten zusammen. In dem Alter, ist das Mädchen, das man liebt, zumeist unerreichbar. Und der Junge ist noch sehr unsicher und unbeholfen. Also sammelt er halt zunächst einmal sexuelle Erfahrungen, wo immer sich die Gelegenheit gerade bietet. Dagegen ist im Prinzip nicht unbedingt etwas einzuwenden, aber ich will nicht, dass mein Sohn sein erstes Mal so erlebt, als ob er in ein Loch in der Wand vögelt. Das erste Mal ist wichtig. Dabei kommt es zu entscheidenden sexuellen Prägungen. Deshalb will ich das nicht dem Zufall überlassen. Ich will, dass du ganz zärtlich zu ihm bist.«

An einem der nächsten Wochenenden gingen sie auf eine kleine, lokale Feria und Carlos kaufte Finja eine kleine Dose aus Silber mit Schmucksteinen.

Sie aßen Erdmandeln und stellten sich bei dem Stand mit den Kaktusfeigen an. Der Mann trug dicke Schutzhandschuhe mit denen er die Früchte oben und unten hielt, während er mit spitzem Messer behände die Schale mit den vielen, kleinen, faserigen Stacheln entfernte, bis das orange Fruchtfleisch übrigblieb.

»Da, probier das doch mal. Es schmeckt nicht schlecht, aber man darf nicht zu viele davon essen, weil sie sehr verdauungsfördernd sind.«

Sie streiften weiter über den Jahrmarkt und sahen den Gauklern zu. Carlos kaufte Churros, eine Art Spritzgebäck, das in heißem Fett ausgebacken und dann mit Zucker bestreut wurde.

Auf dem Fest waren viele Menschen unterwegs und die Luft war erfüllt von den melodiösen Klängen der spanischen Sprache mit ihren klaren Vokalen. Da waren viele, kleine Mädchen in langen Kleidern mit riesigen Blüten und Maschen im Haar, während ihre Brüder mit Pomade glattfrisierte Scheitelfrisuren hatten. Überall Lachen und Fröhlichkeit.

»So, jetzt gehen wir heim!«, entschied Carlos dann irgendwann nach einem Blick auf die Uhr.

Zuhause schickte er sich an, das Bett für drei herzurichten. Als Finja aus dem Bad kam, sah sie, dass er den Arm um die Schultern seines Sohnes gelegt hatte und sie hörte ihn sagen:

»Finja ist wirklich sehr zärtlich, weißt du!«

Der Sohn hatte einen äußerst verlegenen Ausdruck im Gesicht. Und diese Verlegenheit übertrug sich augenblicklich auf Finja.

Finia war im Grunde schüchtern. Sie war ein Mensch, der außer Stande war, jemanden zu verführen. Und sie fühlte sich zutiefst angespannt und irritiert.

»Wo ich herkomme, da nennt man das, was du hier von mir willst, Missbrauch!«, sagte Finja spröde. »Und ich werde das nicht machen. Du glaubst doch nicht wirklich, dass dein Sohn das *will*!«

Dann schnappte sie sich eine Decke und ging zu den Kindern ins Nebenzimmer.

Und an diesem Abend versperrte sie die Tür.

Einige Wochen später brachte Carlos eine junge Frau, namens Anita mit.

»Ich hab dir schon einmal von ihr erzählt«, sagte er zu Finja. »Ihr Freund hat sie zu einer Zwangsabtreibung zu mir in die Praxis gebracht. Mir war schon klar, dass sie das nicht wollte, aber was soll ich machen. Wenn sie auf meine Frage sagt, sie ist einverstanden, (selbst wenn sie das nur aus

Angst sagt) bin ich nicht in der Position, das zu hinterfragen. Sie ist dann später noch allein zur Nachuntersuchung gekommen und sie hat mir leidgetan. Ich habe mich ein paar Mal mit ihr getroffen und sie dann als Kindermädchen zu einem befreundeten Arzt in die USA geschickt. Ich habe mir gedacht, vielleicht findet sie sich dort jemanden, der sie heiratet. Weißt du, im Süden der USA, in den ehemals spanischen Gebieten, gibt es noch viele Menschen spanischer Abstammung und die heiraten gerne eine richtige Spanierin aus Europa. Die sind sehr stolz auf ihre Herkunft und finden das chic. Dieses Mädchen ist aus ganz einfachen, ärmlichen Verhältnissen und hier in Spanien hat sie kaum Chancen, sich zu verbessern. Insofern könnte das wirklich eine tolle Gelegenheit für sie sein. Aber die ist irgendwie nicht in der Lage daraus was zu machen. Stell dir vor, jetzt hat sie so kreisrunden Haarausfall bekommen, deshalb trägt sie derzeit immer dieses Kopftuch. Das hat wohl alles mit dem nicht verarbeiteten Schwangerschaftsabbruch zu tun. Nur was soll ich da machen?! Ich kann ihr ja jetzt nicht auch noch einen Psychotherapeuten suchen.
Irgendwann reicht es dann auch wieder.

Übrigens: Ich habe sie gefragt, ob sie mit meinem Sohn schlafen würde und sie war sofort da-

mit einverstanden. Siehst du, andere Frauen machen da nicht so ein Problem daraus, wie du!!

Aber stell dir vor, als ich dann meinen Sohn ein
paar Tage später auszufragen versuchte, wie es
denn war mit dieser Frau, sagt der zu mir:

›Aber Papa, glaubst du wirklich, ich habe noch
nie mit einer Frau geschlafen?‹

Und dabei grinst der Bengel ganz unverschämt.
Tja, was soll man dazu noch sagen!

Der Apfel fällt nicht weit vom Stamm.

Stell dir vor, diese Privatlehrerin die ich ihm
besorgt hatte, die hat ihm offensichtlich nicht nur
Mathe und Spanisch beigebracht, sondern auch
was fürs Leben! Jedenfalls muss ich mir jetzt
keine Sorgen mehr machen, bezüglich seiner
sexuellen Orientierung.

Alles in bester Ordnung!!«

19

In den folgenden Tagen kamen Carlos' Sohn Juan und Anita auch manchmal zu Besuch, während Carlos nicht da war.
Und Anita vertraute Finja folgendes an:
»Juan besitzt ein Motorrad. Damit fährt er nachts, wenn seine Mutter nicht zuhause ist oder wenn sie schon schläft, nach Torremolinos und geht dort in Bars für Erwachsene. Ich würde Carlos das ja sagen, aber ich habe Angst, dass er dann auf mich böse wird. Dass er mir nicht glaubt und dass der Junge sich geschickt herauslügt. Ich kann mir nicht leisten, dass Carlos böse auf mich wird. Er unterstützt mich und ich habe sonst nichts und niemanden. Und alles, was er von mir will, ist, dass er mich manchmal um irgendeinen Gefallen bittet. Und er ist immer nett und höflich dabei. Mein früherer Freund hat immer gleich zugeschlagen und du hast keine Ahnung, was der alles von mir wollte!«
»Woher hat Juan eigentlich genug Geld, um ein Motorrad zu kaufen?«, fragte Finja.
»Er hat sich einfach von allen Verwandten zu Weihnachten und zum Geburtstag nur Geld gewünscht und er hat Carlos manchmal gegen Bezahlung in der Praxis geholfen.
Nach etwa einem Jahr hatte er dann genug Geld beisammen, um sich das Motorrad von einem Freund unter der Hand zu kaufen. Vielleicht soll-

test du Carlos das sagen oder auch seiner Mutter.«

»Ich kenne seine Mutter nur von Fotos«, meinte Finja.

Am Ende beschloss sie, sich nicht einzumischen. Es war nicht ihre Aufgabe, den Umgang des Jungen zu überwachen. Wenn seine Eltern nichts mitbekamen, von den Aktivitäten ihres Sohnes, dann war dies einzig und allein das Problem seiner Eltern.

Kurz vor ihrer Abreise hatte Finja einen Traum.
In dieser Nacht schliefen Carlos und sie eng umschlungen. Wenn ihre Stirnen sich berührten, konnte Finja oft seine Gedanken lesen. Sie schienen dann, von einem Kopf zum anderen, ungehindert hin und her zu reisen.
In diesem Traum wurde Finja in ein Hotel geschickt, wo sie einen Mann ermorden sollte. Sie trug eine Perücke mit schwarzen, glatten Haaren und Stirnfransen, die weit in ihre Augen hineinhingen.
Zunächst einmal sollte sie an der Bar seine Aufmerksamkeit erregen und dafür sorgen, dass er sie in sein Zimmer mitnahm. Ihre Aufgabe war

es dann, ihm Gift in seinen Drink zu mischen und anschließend zu verschwinden.

Als Finja erwachte, löste sie sich mühsam aus der Umarmung, die sie umklammerte. Sie betrachtete Carlos eine Weile. Betrachtete ihn mit etwas Abstand.

»Seltsam«, dachte sie, »wenn wir uns berühren, sind wir uns unendlich nahe. Aber wenn mich zwei Meter von ihm trennen, ist er mir schon wieder fremd.«

Sie ging auf den Balkon und sah verloren der Sonne zu, die eben aufging.

Später beim Frühstück, erzählte sie Carlos von ihrem Traum.

Carlos sah sie lange forschend an.

»Engelchen!«, sagte er dann zu ihr. »Ich hatte im Prinzip den gleichen Traum. Der Mann war ein Verbrecher. Verstehst du? Das war ein Terrorist! Einer von diesen bösen Menschen, die den Fortschritt zum Besseren verhindern, solange sie existieren. Einer von denen, die sogar gespendete Medikamente im großen Stil stehlen, um sie dann mit Gewinn zu verkaufen. Und die Regierung dieses Landes gab uns den Auftrag, ihn zu töten. Ich habe dich zu ihm geschickt. Du solltest ihn eliminieren. Der ist gestorben, während er mit dir Sex hatte. Einfach so.

Weißt du, es gibt Gifte, die sich so schnell zersetzen, dass man sie nicht mehr nachweisen kann, bis die den finden und obduzieren. Für die anderen ist der dann einfach an einem Herzinfarkt gestorben.

Sehr sicher und unverdächtig, diese Methode!«, und gefühlvoll fügte er hinzu:

»Sieh mal, jetzt teilen wir sogar schon unsere Träume, ist das nicht wunderbar? So eng sind wir miteinander verbunden, dass nicht einmal der Schlaf uns trennen kann.«

Er streichelte lange ihre Haare und ihr Gesicht und dann sagte er plötzlich unvermutet, während er ihr tief in die Augen sah:

»Sag mal Engelchen, würdest du das wirklich für mich tun? Würdest du jemanden für mich töten, wenn ich dich darum bitte? Würdest du mir vertrauen, dass dieser Mensch das verdient hat, auch wenn du selbst nichts Näheres über ihn weißt? Verstehst du, der Zweck heiligt die Mittel!«

Finja fragte sich, ob das ein Scherz sein sollte. Oder irgendeine Art von Test, um herauszufinden, wie weit ihre Loyalität gehen würde. Angst stieg in ihr auf und als sie in sein ernstes Gesicht sah, wurde ihr schlagartig klar, dass er nicht scherzte.

Carlos meinte diese Frage ernst. Todernst.

»Ich weiß nicht«, antwortete sie unsicher.

»Aber du liebst mich doch!«, sagte Carlos und bedeutsam fügte er hinzu: »Wenn man jemanden wirklich liebt, dann macht man doch alles für ihn!«

20

Der Tag der Abreise begann mit einer Überraschung. Carlos hatte beschlossen mit seinem neuen – nach dem Unfall inzwischen reparierten – Auto bis nach Wien zu fahren. Als er Finja und die Kinder abholte, hatte er eine dunkelhaarige, mürrisch blickende, junge Dame bei sich.

»Das ist meine Tochter Viola, die wird uns begleiten. Sie muss zum Studium nach Deutschland, also werden wir einen kleinen Umweg machen und sie dort abgeben.«

»Das wird aber eng!«, meinte Finja irritiert.

»Weil eine von uns muss hinten mit den Kindern sitzen und der Kindersitz allein verbraucht schon so viel Platz.«

»Weg mit dem Kindersitz!«, entschied Carlos »Ihr müsst euch halt abwechseln, ich mische mich da nicht ein, das müsst ihr euch selber ausmachen.«

Der Gesichtsausdruck der Tochter spiegelte peinliche Überraschung und Abneigung.

»Schau nicht so drein!«, sagte Carlos. »Schließlich bist du schon in einem Alter, wo du selbst bald Mutter werden könntest. Also setz dich zu deinen Geschwistern und kümmere dich ein bisschen um sie. Für so kleine Kinder ist so eine Fahrt immens anstrengend!«, fügte er noch hinzu.

»Ich habe keine Geschwister«, antwortete die junge Frau ablehnend. »Und ich hasse Kinder! Wie kannst du mir das antun!«

Carlos hatte seiner Tochter angetragen, sie mit dem Wagen nach Deutschland zu bringen. Das würde eine schöne Gelegenheit sein, einmal mehr Zeit miteinander zu verbringen. Viola hatte sich vorgestellt, die drei Tage der Fahrt allein mit ihrem Vater unterwegs zu sein.

Auch Finja hatte Carlos in Aussicht gestellt, dass dies eine Gelegenheit zu langen, vertrauten Gesprächen sein würde. Zeit, die sie ohne Druck gemeinsam verbringen könnten. Eine schöne Urlaubswoche mit den Kindern.

Die Fahrt war chaotisch. Viola behielt ihre feindselige Haltung in Bezug auf die Kinder bei, aber sie fing an, Finja gegenüber recht mitteilsam zu werden.

Sie beklagte sich ausführlich über ihre lieblose Kindheit. Als sie sechs Jahre alt gewesen war, habe ihre Mutter wieder ein Kind bekommen.

»Ich hab' damals zu allen meinen Freundinnen gesagt, wenn ich einen Bruder bekomme, bring ich ihn um! Und was hab' ich bekommen? Natürlich einen Bruder! Und von da an durfte ich nie wieder eine Freundin mit nachhause bringen. Wenn ein bestimmtes Licht, das ich von draußen schon sehen konnte, brannte, bedeutete das: leise sein! Und dann musste ich mich ganz still verhalten, damit er nicht wieder aufwacht und schreit. Wenn er trotzdem aufgewacht ist, dann hab' ich eine Ohrfeige bekommen. In weiterer Folge hat meine Mutter die Abendschule besucht und uns dorthin immer mitgenommen. Während sie im Unterricht war, musste ich draußen auf den Bruder aufpassen und dafür sorgen, dass er ruhig ist. Und wenn er nicht ruhig war, dann war es natürlich meine Schuld. Überhaupt, wie er dann ein bisschen älter war, wann immer er etwas angestellt und dafür eine Ohrfeige bekommen hat, hab' ich immer gleich auch eine geknallt bekommen. Ich habe meinen Bruder wirklich gehasst!«

»Übertreib doch nicht so! Damals war halt im Kindergarten gerade die antiautoritäre Erziehung in Mode. Diese Kindermädchen haben sich wirklich alles gefallen lassen. Die haben sich ja buchstäblich von den Kindern schlagen lassen. Und das weckt in so kleinen Menschen mit unreifem Gehirn natürlich gewisse Erwartungshaltungen. Die glauben dann, das geht zuhause auch so weiter. Ja, da schauen die dann blöd, wenn sie auf einmal eine gescheuert bekommen. Und noch eine! Und noch eine! Bis sie endlich ruhig sind. Aber diese idiotischen Kinderbetreuerinnen reden den Kindern dann auch noch ein, sie werden zuhause misshandelt, wenn man sie in ihre Grenzen verweist. Das war ja wirklich unzumutbar, was sich die Kinder alles herausgenommen haben.

Aber wie gesagt, das war alles die Schuld dieser antiautoritären Kindergärten. Die haben die Kinder komplett verzogen. Und es ist halt dann für ein Kind schwer zu verstehen, wenn es zuhause plötzlich in einem anderen Ton abgeht«, erklärte Carlos die Situation.

»Warum bist du eigentlich schon wieder bei der Führerscheinprüfung durchgefallen?«, wechselte er das Thema.

»Ich weiß nicht, aber die Prüfung war wirklich sehr schwer und es sind fast alle durchgefallen. Die wollen halt Geld verdienen, an den Prüfungsgebühren!«, rechtfertigte sich Viola.

»Ich weiß nicht!«, stöhnte Carlos. »Ihr jungen Leute von heute lernt überhaupt nichts Nützliches in der Schule! Ihr könnt ja nicht einmal einen Stadtplan lesen.«

Dann sah er Finja von der Seite an.

»Solche Probleme hast du nicht! Du wirst nie im Leben einen Führerschein haben«, sagte er mit leicht spöttischem Unterton.

»Ich habe einen Führerschein!«, entgegnete Finja sanft und genoss den Überraschungsmoment.

»Seit wann?«

»Kurz vor der Geburt des kleinen Carlos, als ich bei meiner Mutter war, habe ich die Zeit dafür genützt.«

»Tatsächlich!? … Und beim wievielten Mal bist du durchgekommen?«

»Gleich beim ersten Mal.«

»Da hörst du es! Es gibt auch Leute, die beim ersten Mal durchkommen!«, wandte sich Carlos an seine Tochter und dann fügte er noch ungläubig kopfschüttelnd hinzu:

»Vielleicht solltest du den Führerschein in Österreich machen!«

Am Morgen des dritten Tages waren sie schon in Deutschland. Sie frühstückten in einer Raststätte und die anderen Gäste blickten böse und feindselig auf die zwei unruhigen, kleinen Kinder, die Finja durch das Lokal laufen ließ, da sie ja bald wieder stundenlang im Auto eingesperrt sein würden.

»Also, ich mag Kinder auch nicht, aber ich toleriere, dass sie herumlaufen!«, meinte Viola »Diese Deutschen schauen schon recht grimmig aus. Da fürchtet man sich ja fast! Am liebsten würde ich gar nicht hier bleiben!« Und auf einmal sagte sie unvermutet:

»Also, diese Fini hat wunderschöne Augen, das muss man wirklich zugeben!«

»Hmm … und wenn man genau schaut, seht ihr euch sogar ein bisschen ähnlich um die Augen!«, hakte Carlos schnell ein.

»Nein«, sagte die Tochter, »meine Augen sind nicht so groß.«

»Nein!«, protestierte auch Finja. »Die Beiden haben doch einen ganz verschiedenen Augenschnitt!«

»Ich finde es unverantwortlich von dir, dass du ständig neue Kinder machst!«, sagte die Tochter, als sie im Auto wieder neben ihrem Vater saß.
»Das siehst du falsch! Verstehst du, ich bin ein sehr intelligenter Mensch und wenn ich mit einer Frau, die auch in ihrer Art besonders ist, Kinder habe, dann ist das ein Gewinn für die Menschheit. Die Menschen, die irgendetwas Besonderes an sich haben, können sich gar nicht genug vermehren!«

Später an diesem Tag, wurde Viola verabschiedet und Finja wartete mit den Kindern auf Carlos Rückkehr.
»Ich bin gleich wieder da! Ich helfe ihr nur, die Sachen hineinzutragen.«
Drei Stunden später kam er zurück.
»Warum sagst du nicht gleich, dass es länger dauert, dann kann ich mit den Kindern inzwischen auf den Spielplatz gehen«, beschwerte sich Finja.
Die Kinder waren inzwischen quengelig.
Carlos stieg seufzend ein und sagte:
»Ich habe jetzt auch schon genug von dieser Fahrt. Ich werde jetzt nach Wien in einem Stück

durchfahren und diese Affenpartie da hinten ignorieren. Und wenn es mir reicht und die Verkehrssituation das gerade zulässt, werde ich mich hin und wieder umdrehen und mal den einen oder den anderen ohrfeigen. Irgendwie muss ich mich schließlich auch abreagieren, wenn es mir zu viel wird.«

Jetzt, da die große Tochter fort war, verlor Carlos alle Hemmungen. Und er schlug die Kinder, wann immer er eine Hand frei hatte.

Finja hatte Angst. Angst, dass er den Wagen verreißen würde und sie alle einen furchtbaren Unfall haben könnten. Es war die hohe Geschwindigkeit, die die exzellenten, deutschen Straßen zuließen, die sie ängstigte und das Bewusstsein, dass bei dieser Geschwindigkeit alles passieren konnte.

Alles, aber nichts Gutes.

Jede Sekunde der Unaufmerksamkeit konnte das Leben kosten. Das Leben, oder die Gesundheit. In Sekundenschnelle konnte man unwiderruflich zum Krüppel werden, auf diesen schnellen Straßen.

»Carlos bitte! Hör auf! Lass uns irgendwo halten und aussteigen. Wir brauchen alle eine Pause. Warum hast du es denn so eilig? Wir haben doch Zeit und du hast Urlaub!«

Carlos ließ kurz das Lenkrad los und schlug beide Hände vors Gesicht. Dann nahm er wieder Haltung an.

»Du hast ja Recht, Engelchen! Ich bin nur schon so fertig. Bei der nächsten Raststätte fahren wir rechts ran und machen eine Pause.«

Als sie in Wien ankamen war es Nacht. Erschöpfung machte sich breit und sie schliefen alle tief und fest.

Am nächsten Tag machten sie einen Ausflug in den Wiener Prater. Carlos hatte seine Freizeithose an und begann allmählich, sich zu entspannen. Nach etlichen Runden mit dem Ringelspiel und dem Riesenrad hatten sie alle Hunger und Carlos betrat ein Lokal. Der Ablauf der Bestellung war etwas ungewöhnlich, denn man musste sich die Speisen zunächst an der Theke aussuchen und sie hatten einen Preis, der sich aus ihrem Gewicht ermittelte.
»Mehr!«, sagte Carlos »Geben sie noch mehr von diesem Spargelsalat auf den Teller.«
Die Frau häufte zögernd noch einen Löffel dazu. Anscheinend machte sie des Öfteren die Erfahrung, dass ihre Kunden am Ende erstaunt waren, über den Preis der Salate. Besonders jene Salate, die nicht aus leichten Blättern, sondern aus schwerem Wurzelgemüse bestanden, erreichten schnell ein unerwartet hohes Gewicht und hiermit auch einen überraschend hohen Preis.

»Haben sie überhaupt so viel Geld mit?«, fragte die Frau zweifelnd.

Carlos blieb der Mund offen stehen. Er empfand diese Frage als persönliche Beleidigung. Sodann holte er ein dickes Bündel Geldscheine aus seiner Hosentasche und hielt sie der Frau hin.

»Wird das reichen?«, fragte er spöttisch.

»Oh, natürlich! Entschuldigen sie, aber es kommen hier oft Leute, die keine Ahnung von den Preisen haben. Die lassen sich da einen riesigen Salatteller zusammenstellen und dann haben sie gar nicht genug Geld dabei, das zu bezahlen! Und was soll ich denn dann damit machen? Ich kann das ja nicht mehr zurückfüllen in die Schüsseln!«

Und dann flüsterte sie noch besorgt, während sie sich unruhig nach allen Seiten umsah:

»Sie sollten das Geld aber nicht so offen herzeigen. Was glauben sie, was da für Leute unterwegs sind im Prater! Hier wird viel gestohlen!«

Nach jenem Vorfall betrat Carlos die Wiener Straßen nur noch im Anzug und die Freizeithose blieb im Koffer. Er trug auch immer ein teures Parfüm auf. Das war eine Sprache, die die Leute verstanden.

Carlos gab es nach anfänglichen Versuchen auch schnell auf, die Wiener mit seinen Berliner Witzen zu beglücken, nachdem er befremdet feststellte, dass man ihn nicht verstand.

Ein Spanier, der reichsdeutsches Deutsch mit spanischem Akzent spricht und Berliner Witze erzählt, das war zu viel für die Wiener. Das war nicht ihre Sprache. Das war nichts, was sie kannten. Nichts, was sie hätten einordnen können. Und schon gar nicht etwas, worüber sie hätten lachen können.

»Sprich du mit denen! Wenn ich was sage, schauen die immer so doof«, sagte Carlos und überließ fortan Finja die Kommunikation mit den Einheimischen.

»Ich wusste nicht, dass diese Österreicher gar nicht richtig Deutsch verstehen!«, wunderte er sich.

Noch bevor Carlos abreiste, stellte sich bereits die erste Frau vor, die sich um die Stelle als Kindermädchen bewarb.

Sie war schon älter und zog die Augenbrauen hoch, als Carlos erwähnte, dass er zumeist nicht hier sein würde. Sie sei hauptsächlich für den Haushalt und die Kinder zuständig. Die Frau bestand darauf, zumindest die Fenster sofort zu putzen.

»Zum einen sind die Fenster schmutzig, das ist ja peinlich, den Nachbarn gegenüber. Ich verstehe schon, sie sind gerade erst angekommen. Aber das kann nicht warten. Und außerdem kann ich nicht den ganzen Tag vertrödeln, ohne etwas zu verdienen!«, sagte sie fordernd. Carlos erklärte sich achselzuckend einverstanden und verließ den Raum.

Die ältere Frau sah Finja grimmig an, während sie energisch die Fenster reinigte und lächelte überlegen.

»Mit der kleinen Frau werde ich schon fertig!«, dachte sie bei sich und laut sagte sie: »Nun, man muss natürlich die Kinder ordentlich erziehen, so dass die einem nicht auf der Nase herumtanzen. Anderseits ist es aber auch wieder ein relativ leichter Job, weil ja der Mann nicht hier lebt. Das ist ja doch ganz eine andere Sache, wenn da so ein Mann mit dem Haushalt befriedigt werden muss! Und wenn man für den zu jeder Uhrzeit frisch kochen muss! Und vielleicht auch noch Diät! Das fällt ja hier alles weg!« Und sie lächelte wieder begeistert ihr grimmiges Lächeln.

»Diese Person auf keinen Fall, Carlos!«, sagte Finja später. »Ich bin so froh, dass sie wieder weg ist, vor der fürchtet man sich ja.«

»Ja, es gibt halt solche Menschen, die nichts anderes im Kopf haben, als den ganzen Tag zu putzen. Mir geht das auf die Nerven. In Deutschland hab' ich da etliche solche Bekannte. Du kannst dir das nicht vorstellen! Zum Teil kommen diese Frauen drei Mal am Tag mit dem Staubsauger angefahren. Die haben anscheinend wirklich keine anderen Sorgen!

Aber das war ja erst die erste Bewerberin. Wir werden schon noch jemand geeigneten finden!«, meinte Carlos.

21

Nach Carlos' Abreise fand Finja einen sehr netten, schwulen, jungen Mann, der sich um die Kinder kümmern wollte.
Und Finjas Mutter kam für einige Wochen aus Spanien angereist.

Finja ordnete ihre Angelegenheiten. Als erstes besuchten sie ein Schuhgeschäft, wo der kleine Carlos endlich ein Paar feste, dunkelblaue Laufschuhe bekam und Fini hübsche, bunte Sommersandalen. Finja selbst schlüpfte begeistert in ein Paar neue Mokassins aus weichem Hirschleder und warf ihre kaputten, alten gleich im Geschäft weg.
Als nächstes verlängerte sie ihren Reisepass. Mehrere obligatorische Vorsorgeuntersuchungen für die Kinder standen an und auch auf dem Finanzamt musste Finja vorstellig werden, um das Kindergeld für ein weiteres Jahr verlängern zu lassen.

Und sie dachte nach.
Über Carlos.
Darüber, wer er wirklich war.
Sie erinnerte sich daran, wie er in den Dokumenten ihrer Mutter gewühlt hatte, damals, bei seinem ersten Besuch in ihrem Haus.

Ein Leben mit ihm zusammen konnte sicher spannend und aufregend sein.

Ein Leben, wie ein Film.

Voll spannender Abenteuer.

Voll beeindruckender Reisen.

Überall Menschen, die bereit standen, sich um die wichtigen Gäste besonders aufmerksam zu kümmern.

Überall großzügige Geschenke.

Finja dachte über ihren Traum nach, in dem sie einen Mann getötet hatte, weil Carlos es befahl; und sie dachte an seine Reaktion.

»Der Zweck heiligt die Mittel!«, hatte Carlos gesagt.

»Nein!«, dachte Finja. »Der Zweck heiligt die Mittel nicht. Jedenfalls nicht alle. Ich würde nicht jemanden töten, den ich gar nicht kenne und über den ich gar nichts weiß.

Und ich will frei sein und nicht irgendwelche Dinge tun, nur weil Carlos das anordnet. Ständig irgendwelche Leute aushorchen und irgendwelche Kontakte knüpfen. Irgendwelchen Leuten vorspielen, dass man sie mag, nur damit dann ein geschäftlicher Vorteil dabei herausspringt.«

Finja hasste alles, wofür Carlos stand. Sie konnte seine großspurige, angeberische Art nicht ausstehen. Die Art, wie er sie bevormundete. Die Art, wie er über sie verfügte. Wie er alles, was sie liebte, geringschätzte, sei es Kunst oder Theater; oder Musik.

Dennoch liebte Finja Carlos. Sie liebte die Gefühle, die er in ihr erschaffen konnte. Sie liebte die Art, wie er manchmal den tragischen Helden spielte, der unendlich einsam und unverstanden war und den nur sie retten konnte.

Aber hier ging es nicht mehr um Liebe.
Es ging um Freiheit.
Es ging um den Sinn ihres Lebens und um ihre Zukunft.

Sie hatte jenes Leben, das sie sich mühsam über Jahre aufgebaut hatte, verloren. Und es gab keinen Weg zurück, zu diesem freien Leben am Theater. Dort gab es keine zweite Chance. Für die meisten, gab es nicht einmal eine erste. Sie hatte immer noch ihre Malerei, die Carlos nicht in seiner Nähe wollte. Weil das Malen Schmutz machte und weil die Farbe sich in die Fingernägel fraß.
Sie hatte immer noch ihre Gedichte, die aber in Spanien niemand lesen konnte.
Und plötzlich sehnte Finja sich verzweifelt nach ihren alten Freunden, die so dachten, wie sie.

In einer schlaflosen Nacht entschied Finja, dass sie nicht zu Carlos zurückkehren würde. Sie würde es ihm nach dem Sommer sagen. Bis dahin hatte sie noch etwas Zeit. Sie wollte eine Familie haben für ihre Kinder. Mit einem Mann, der sich das auch wünschte. Und sie würde sich diesen neuen Partner per Inserat suchen. So, dass Carlos nicht behaupten konnte, dieser Mann hätte sich nur an sie heran gemacht um *ihn* auszuspionieren.

Eines Tages, auf dem Weg nachhause, merkte Finja, dass ein Mann sie beschattete. Er ging zunächst vor ihr und beobachtete im Schaufensterglas, ob sie folgte.
Dann kam eine Abzweigung. Sofort blieb er unauffällig stehen und gab vor, die Waren im Schaufenster zu bewundern. Sobald Finja aber einen Weg gewählt hatte, war er augenblicklich wieder hinter ihr. Finja fühlte sich unbehaglich, als ihr der Fremde an der nächsten Abzweigung immer noch zu folgen schien und beschloss, den Mann zu testen. Sie drehte sich plötzlich abrupt um und ging zu der letzten Abzweigung zurück. – Und siehe! Kurz darauf war der Mann wieder da.
Jetzt war sie sich ziemlich sicher. Dieser Mann verfolgte sie. In der Straßenbahn, mit der Finja nachhause fuhr, stand er ganz in ihrer Nähe. Finja sah ihm gerade ins Gesicht. Vielleicht folgte er

ihr ja doch nur, weil er auf eine Gelegenheit wartete, sie anzusprechen.

Der Mann aber sah durch sie hindurch.

Finja überlegte. Sie wollte ihn keinesfalls zu dem Ort führen, an dem ihre Kinder lebten. Sie musste ihn unbedingt vorher abhängen.

An einer Haltestelle trat sie zur Seite und ließ alle Personen, die aussteigen wollten, an sich vorbei. Dann, im letzten Moment, als sich die Falt-Türe schon wieder schloss, huschte Finja blitzschnell nach draußen.

Sie sah noch, wie der Mann hektisch mehrmals auf den Knopf drückte um die Türe wieder zu öffnen, aber der Fahrer hatte die Ausstiege bereits zentralverriegelt und so fuhr die Straßenbahn schnell fort.

Finja wartete, bis die Bahn um eine Ecke bog und der Mann sie nicht mehr sehen konnte. Dann verschwand sie schnell in einer Seitengasse und ging eilig auf einem Umweg nachhause.

»Lässt du mich beobachten?« fragte sie Carlos, den sie sofort anrief. »Glaubst du, ich bin so blöd, dass ich das nicht bemerke?!«

»Engelchen, das war nicht ich. Ehrlich gesagt, habe ich keine Ahnung, wer das war, aber ich werde mich darum kümmern und es herausfinden. Du hast alles gut gemacht. Aber sei vorsichtig. Lass niemanden sehen, wo du wohnst. Und sprich nicht mit Fremden.«

TEIL 3

1

Über den Sommer suchte Finja sich überstürzt einen neuen Partner.

Im Herbst kehrte sie nicht nach Spanien zurück.

Ihre Mutter war vor kurzem an die Costa Blanca übersiedelt, in der Vorstellung, so näher bei ihrer Familie zu sein. Sie hatte sich selbst erst vor einem Jahr von ihrem Mann getrennt und war dankbar für die Ablenkung, die die Enkel in ihr Leben brachten. Daher bot sie an, die Kinder den Winter über zu sich nach Spanien mitzunehmen, in ihr neues, viel zu leeres Haus.

Die Großmutter war es auch, die Carlos davon in Kenntnis setzte, dass Finja nicht wiederkommen würde.

Carlos reagierte sehr beherrscht. Er meinte nur resigniert, es sei ihm schon klar, dass so ein Lebensstil, wie seiner, auf die Dauer keiner Frau zumutbar sei.

Kurz darauf erlebte Carlos in Spanien turbulente Zeiten. Er war immer ein Vorreiter für die Legalisierung des Schwangerschaftsabbruchs gewesen. Im Spanien der frühen 80-er Jahre war er durchaus eine Geheimadresse für betroffene Frauen.

Das änderte aber nichts an der Illegalität des Vorgangs. Es gab damals erbitterte Kämpfe zwischen vehementen Befürwortern und Gegnern des Schwangerschaftsabbruchs.

Diverse Schauprozesse wurden geführt und zum Anlass genommen, diese Diskussion immer wieder neu zu entfachen.

»Finja, ein Arzt ist hier in Spanien verhaftet worden, weil jemand angezeigt hat, dass er in seiner Praxis Abtreibungen macht!«, erzählte Carlos Finja am Telefon. »Man weiß noch nicht, was dabei herauskommen wird, aber der Arzt hat jetzt die Namen der Frauen aus seiner Patientenkartei veröffentlicht und sein Anwalt sagt, wenn sie den Arzt verurteilen wollen, dann müssen sie alle diese Frauen mit ihm verurteilen. Und das können sie nicht tun. Die können nicht hunderte Frauen einsperren.

Insofern haben wir gute Chancen.

Der finanzielle Schaden allerdings ist erheblich. Ich muss die Praxis jetzt schon seit Wochen geschlossen halten.«

1985 kam es dann zu einer verbindlichen, gesetzlichen Regelung, die Schwangerschaftsabbruch unter gewissen, genau definierten Indikationen an einigen wenigen Orten zuließ. Carlos hatte das Glück, eine der streng limitierten Genehmigungen für seine Ordination zu ergattern.

»Das war nicht leicht und ich musste alle möglichen Umbaumaßnahmen für meine Praxis finan-

236

zieren. Die bestehen darauf, dass da alles ausgestattet ist, wie in einem OP und das kostet schon ein kleines Vermögen, das man da investieren muss. Aber jetzt ist alles erledigt und der Groschen rollt endlich wieder!«

Ein Jahr später besuchte Carlos Finja und die Kinder in Wien.
Er lernte Finjas neuen Mann kennen.
Und ihr neues Baby.
Er überging den Geburtstag des kleinen Carlos, beabsichtigte aber, Fini ein Fahrrad zu kaufen.
Finja protestierte:
»Das kannst du nicht machen, Carlos! Wenn du *ihr* ein Fahrrad kaufst, musst du *ihm* auch eines kaufen. Er hat Geburtstag! Du bist auf die Feier eingeladen. Du kannst nicht ihr so ein großes Geschenk machen und ihm gar nichts geben!«

Finja erreichte zwar zuletzt, dass Carlos beiden Kindern ein Fahrrad kaufte. Aber wegen dieser Angelegenheit gab es Streit. Während sie im Hof standen und den Kindern zusahen, die begeistert ihre neuen Fahrräder ausprobierten, stritten sie sich erbittert in einer Flüsterlautstärke, die so dezent war, dass niemand den Streit erahnte. Danach aber sprachen sie jahrelang nur noch das Nötigste miteinander.

So Carlos einen seiner seltenen Besuche ankündigte, führte dies augenblicklich zu überspannter Erwartungshaltung und gesteigerter Unruhe. Man bemühte sich zwar redlich, nach außen hin einen guten Eindruck zu machen, aber generell ging es den Kindern in dieser Patchworkfamilie nicht gut. Besonders dem kleinen Carlos war im Haushalt seines neuen Stiefvaters definitiv kein angenehmes Leben beschieden.

Einmal, Jahre später, fasste Finja sich ein Herz und sie sprach mit Carlos über die bestehenden Probleme. Dass sie beabsichtige, diese Familie wieder aufzulösen. Dass es ihr aber an den finanziellen Mitteln fehle, dies zu tun. Wie wichtig es aber sei, im Hinblick auf die Kinder, denen sie ersparen wolle, in diesem lieblosen Rahmen aufzuwachsen, wo sie immer nur Kinder zweiter Klasse waren.

Carlos ging nicht näher auf das Thema ein.

»Tja, mit vier Kindern kannst du dich jetzt nicht mehr von deinem Mann trennen!«, meinte er nur lakonisch und fügte hinzu:

»Manchmal muss man halt auch etwas durchstehen. Du kannst nicht immer nur vor deinen Problemen davonlaufen!«

…

Ab dem Schulalter lud die Großmutter Fini und den kleinen Carlos jeden Sommer zu sich nach Spanien ein und das war für Carlos eine gute Gelegenheit, die Kinder zu besuchen. Er kündigte seine Besuche zumeist großartig an; und kam dann oft nicht, ohne abzusagen.

Für den zu erwartenden Gast, kaufte die Großmutter besseres Essen ein, als sonst. Sie putzte die Kinder niedlich heraus und bereitete alles vor, so gut sie es vermochte. Am Tag des Besuches wurde dann regelmäßig viel Zeit mit Warten verbracht. Auf etwas, was nicht immer stattfand. Auf jemanden, der oft nicht kam.

»Das kenne ich!«, sagte Finja zu ihrer Mutter. »Das war in Wien auch so. Den ganzen Tag haben die Kinder oft am Fenster im Wohnzimmer verbracht und auf ihn gewartet. Stunde um Stunde, bis der Abend kam und man nichts mehr sehen konnte.«

»Ich weiß ja, dass er viel zu tun hat, aber für die Kinder ist das nicht gut«, sagte die Großmutter. »Und für mich ist es auch lästig. Ich habe ohnehin so wenig Geld derzeit. Dann kaufe ich aber, nur weil *er* kommt, alles Mögliche ein, was ich mir sonst nicht leiste und dann kommt er gar nicht!

Dann wartet man herum und hebt das alles auf. Vielleicht kommt er ja doch noch, am nächsten Tag. Oder am übernächsten.

Irgendwann ist das teure Zeug dann halb verdorben und ich esse es zuletzt halt selbst, weil zum Wegwerfen ist mir doch leid um das viele Geld, das ich dafür ausgegeben habe.
Dann ruft er irgendwann wieder an und nennt einen neuen Termin. Und wenn man Pech hat, geht das ganze Spiel von vorne los. Es ist schon recht anstrengend mit ihm!«

Irgendwann pendelte es sich so ein, dass die Besuche etwa einmal jährlich stattfanden. Zumeist so im dritten Anlauf. Vielleicht in der Nacht eines mit langem Warten verbrachten Tages. Vielleicht auch zu einem unangekündigten Zeitpunkt.

Fast jedes Mal hatte Carlos eine neue Freundin dabei. Mal eine junge Mutter, die hoffte in Carlos einen situierten Stiefvater für ihr Kind gefunden zu haben, mal eine junge Ärztin, die in seiner Praxis ein Praktikum absolvierte.

Als die Kinder dann schon älter waren, lud er sie manchmal auch in sein Haus nach Andalusien ein.
Jenes Haus, das er damals gekauft und von dem er Finja gesagt hatte, sie würde es nie betreten.

»Also, nach dem, was die Kinder mir erzählt haben, ist die Umgebung ein Schuttberg geblieben. Aus der geplanten, großzügigen Gartenanlage ist anscheinend nichts geworden.

Er hat wohl auch eine Zeitlang die Kinder von der anderen Frau dort gehabt. Die sind dann aber irgendwann ihre Mutter besuchen gefahren und nicht mehr zurückgekommen. In seinem Haus haben die Kinder noch Zimmer und in denen können sich Fini und der kleine Carlos während des Besuchs aufhalten«, berichtete die Großmutter.

»Was hat er denn jetzt für eine Freundin?«, fragte Finja.

»Also die Kinder sagen, er hat jetzt keine Freundin. Es gibt dort im Haus nur so eine Art Putzfrau, eine Haushälterin, nehme ich an. Die hat auch ein eigenes Zimmer, aber mit der hat er keine Beziehung. Die kocht dort und putzt. Sie macht die Wäsche und hat sich wohl auch um die Kinder gekümmert.«

»Wir mussten dort verschimmelte Feigen essen!«, erzählte der kleine Carlos. »Immer wieder hat er uns gesagt, wir sollen die probieren, aber die waren schon schlecht und haben ganz ekelig geschmeckt!«

»Das hat er nicht absichtlich gemacht«, sagte Finja, »so ist er nicht, dass er will, dass ihr was Verdorbenes esst. Er hat wohl gedacht, die sind überreif, aber noch gut. Kurz bevor sie schlecht werden, sind die Feigen wirklich am süßesten. Das was sicher keine Absicht von ihm.«

2

Carlos hatte die Gewohnheit, Monat für Monat zu vergessen, die Alimente für die Kinder zu bezahlen. Es gab auch keinerlei offizielle Dokumente über diese Zahlungsverpflichtung.

Anfangs hatte er es nicht einmal der Mühe wert gefunden, die Kinder von sich aus zu legitimieren.

Dennoch hatte es dann einmal einen Amtstermin in Oberösterreich gegeben, wo er die Vaterschaft zu beiden Kindern offiziell und schriftlich dokumentiert anerkannte.

Er tat dies auf seine Art.

So beantwortete er die Fragen des Beamten mit amüsiertem Gesicht und leicht spöttischem Unterton.

»Haben sie im fraglichen Zeitraum geschlechtlich mit der hier anwesenden Kindesmutter verkehrt?«

»Ja, häufig!!Und es hat mir immer sehr gut gefallen!«

»Antworten sie nur mit ja oder nein!«

»Nicht so ernst, Herr Beamter! Wir müssen das ja alles nicht so todernst abwickeln. Wir sind doch erwachsene Menschen. Waren sie eigentlich schon einmal in Spanien? Ich habe ein Haus in Andalusien. Kommen sie mich doch einmal besuchen!«

Und schon streckte er dem verdutzen Beamten seine Visitenkarte zu.

Ob solcher Vertraulichkeiten wagte der Beamte es nicht, eine offizielle Unterhaltsverpflichtung festzusetzen, auf die man später hätte zurückgreifen können.

Und so blieben Carlos' finanzielle Zuwendungen, ihrer Form nach, immer freiwillige Zahlungen, deren Höhe er nach seinem Gutdünken festsetzte. Deren Höhe im Lauf der Jahre immer geringer wurde und auf die er von Anfang an gerne vergaß.

»Es ist schwierig für mich, dieses Geld außer Landes zu schicken!«, erklärte er zunächst. »Wenn das über eine Bank geht, kommt gleich die Steuer!«

»Also, wenn er die Zahlungen offiziell macht, kann er sie sogar von der Steuer abschreiben«, meinte das Jugendamt in Wien, das inzwischen zuständig war.

Das Vergessen der Zahlungen hatte jedoch für Carlos einen psychologischen Gewinn.

So konnte er erzwingen, dass Finja ihn einmal monatlich anrufen musste. Und dass sie gezwungen war, ihn zu bitten. Ihr war das jedes Mal unangenehm und sie schob den Anruf solange wie möglich hinaus.

Für Carlos aber war es ein Möglichkeit, Finia ganz unaufdringlich zu demonstrieren, wie sehr sie doch auf ihn angewiesen war.

Bei einem dieser Anrufe erzählte Carlos, sein Vater sei gestorben.

»Mein Vater ist gestorben! Ich hatte wirklich keine Zeit, mich um irgendetwas anderes zu kümmern. Ich war die längste Zeit bei ihm in Barcelona und habe mich selbst um ihn gekümmert. Er war ja wirklich schon sehr alt. Aber, wie ich dir früher schon erzählt habe, fuhr er bis zuletzt mit dem Motorrad. Und er duschte auch noch jeden Tag kalt. Sein Körper war total vom Krebs zerfressen, aber sein Herz machte immer weiter.

Es war tragisch, das mitanzusehen. Ich musste zuletzt selbst Sterbehilfe leisten. Nicht nur, dass das verboten ist, es ist auch sehr belastend, das selbst zu machen, bei einem so nahen Angehörigen.

Es tut mir auch wirklich leid, dass er die Kinder nicht mehr kennengelernt hat. Seine Frau hat uns seinerzeit immer wieder eingeladen. Wir hätten sie damals, als wir mit dem Auto nach Wien gefahren sind, besuchen sollen.

Aber jetzt ist es vorbei! Jetzt hat er seinen Frieden. Tja, so ist das, wenn jemand, den man so sehr geliebt hat, plötzlich für immer weg ist!«

Am Ende des Gesprächs fühlte Finja sich zutiefst aufgewühlt. Sie weinte haltlos und von tiefem Schmerz ergriffen, weil der Großvater ihrer Kinder gestorben war. Und sie bedauerte zutiefst, dass es ihr und den Kindern nicht vergönnt gewesen war, diesen Großvater persönlich kennenzulernen.

Etwa ein Jahr später war Carlos wieder einmal wochenlang nicht zu erreichen. Als Finja ihn schließlich am Telefon hatte, erkannte er ihre Stimme nicht gleich.

»Wer spricht dort? ... Oh, du bist es! Ja … Ich hatte keine Zeit mich früher zu melden, aber du musst schon verstehen, mein Vater ist gestorben!«

»Das war doch schon vor einem Jahr!«, antwortete Finja befremdet.

»Nein, vor zehn Tagen ist er gestorben!«

»*Was!? Schon wieder*!!??«

Finja konnte es nicht fassen. Sie erinnerte sich lebhaft daran, wie unfassbar traurig sie über den vermeintlichen Tod von Carlos Vater gewesen war. Jetzt war er anscheinend wirklich gestorben und Finja verspürte nichts als Zorn.

»Halt jemand anderen zum Narren!«

Finja legte auf.

Sie rief ihre Mutter an und teilte ihr mit, sie wolle nichts mehr mit Carlos zu tun haben. Finja bat ihre Mutter auch, in Zukunft den monatlichen Erinnerungsanruf bezüglich der Zahlungen zu übernehmen.

»Ich halte das nicht mehr aus! Jeden Monat dieses Theater! Ich will nicht mehr! Ich will nicht mehr mit ihm reden. Es regt mich einfach zu viel auf.«

»Ja, das mache ich gerne für dich«, sagte Finjas Mutter. »Für jemand anderen um Geld zu fragen, ist ja viel einfacher, als wenn man das für sich selbst tun muss. Weißt du, ich gebe dir einfach eine Vollmacht für mein Konto in Wien. Dann hast du das Geld immer pünktlich und ich kümmere mich darum, dass ich es von ihm wiederbekomme.

Das geht ja wirklich nicht, dass du da jeden Monat zittern musst, zahlt er, oder zahlt er nicht.

Du sollst dich damit in Zukunft nicht mehr belasten. Eigentlich komme ich ja ganz gut klar mit ihm, du weißt ja, ich mochte ihn immer recht gerne.«

3

Jahre später übersiedelte Finja mit den Kindern in eine eigene Wohnung.

Ihre Mutter, die sich, wie ausgemacht, lange Zeit um die Kommunikation zwischen Carlos und seinen Kindern gekümmert hatte, war jetzt schwer erkrankt.

»Deine Mutter hat eine sehr instabile Persönlichkeit«, verlautete Carlos Finja gegenüber, als er sie nach Jahren wieder anrief. »Weißt du, einmal war ich dort, da haben wir sogar zusammen getanzt! Und irgendwann war sie dann ein bisschen außer Atem und hat scherzhaft zu mir gesagt:

›Also Carlos, vergiss nicht, dass du es warst, der mich zur Großmutter gemacht hat!‹

Aber bei anderen Gelegenheiten weint sie wieder die ganze Zeit. Ich kenne mich mit deiner Mutter wirklich nicht aus. Sicher, so einen Fall wie sie, hat auch nicht jeder in seiner Familie. Sie hätte sich von ihrem Mann nicht trennen dürfen. Und wenn, dann hätte sie dafür sorgen müssen, dass alles geregelt ist.

Sie hat mich auch wieder angesprochen wegen der Kindern. Dass weder sie selbst, noch du, über die finanziellen Mittel verfügen, die Kinder zu erhalten, falls mir etwas zustoßen sollte. Das scheint sie wirklich sehr zu belasten. Nun, Finja, ich besitze eine sehr hohe Lebensversicherung in der Schweiz und ich habe Fini und den kleinen

Carlos als Berechtigte eingetragen. Dann hast du im Ernstfall immer Geld für die Kinder. Weißt du, meine anderen Kinder sind schon groß, die brauchen das nicht mehr; und die Kinder in Amerika haben reiche Angehörige und sind zudem die einzigen Kinder in ihrer Verwandtschaft. Dadurch bekommen die ständig alles von allen Seiten, im Überfluss. Zuviel, meiner Meinung nach.

Deshalb denke ich, dass es gerecht ist, wenn diese Versicherung an *unsere* Kinder geht.«

»Danke«, sagte Finja verlegen. »Danke Carlos! Das ist sehr beruhigend für mich. Weißt du, wenn du manchmal wochenlang für niemanden zu erreichen bist, weißt du, da bekommt man schon Angst!«

»Ach Engelchen!«, sagte Carlos. »Ich glaube, dass deine Gedanken mich immer noch beschützen!«

»Nicht, Carlos!«, sagte Finja. »Hör auf, so mit mir zu reden. Bitte, hör auf!«

»Es ist so schön, *dass* du jetzt wieder mit mir redest, Engelchen. Ich hoffe, du hast mir verziehen. Ich werde demnächst nach Wien kommen und da können wir uns einmal ganz in Ruhe unterhalten. Ich habe wirklich das Bedürfnis danach, weißt du! Nach all den Jahren! Es war immer sehr hart für mich, zu denken, dass du da irgendwo, weit weg von mir lebst und voll Bitterkeit an mich denkst.«

…

Carlos kam wirklich nach Wien. Am Abend lud er Finja in ein Musical ein. »Die Schöne und das Biest« hatte er ausgewählt.

Danach gingen sie in eine kleine Gaststätte, die noch offen hatte und aßen eine Kleinigkeit. Sie waren nicht weit entfernt von jenem Ort, an dem sie sich einst kennengelernt hatten.

Carlos hatte sich sehr verändert, seit Finja ihn zuletzt gesehen hatte. Seine Haare waren jetzt fast ganz weiß und er hatte einiges an Gewicht zugelegt. Sein ehemals stechender Blick war ungewohnt weich und seine Stimme sanft.

»Du bist so schön, wie du immer warst!«, sagte er bewundernd zu Finja. »Du bist für mich ein Phänomen! Ich weiß, wie Frauen, die mehrere Kinder haben, normalerweise aussehen. Aber du bist immer noch genau so schön, wie früher!

…

Weißt du, meine Mutter hat vor kurzem etwas zu mir gesagt, das mir zu denken gegeben hat. Sie hat gesagt:

›Weißt du, Carlos! Von all den vielen Frauen, die du im Lauf deines Lebens gehabt hast, hast du diese Finja am leidenschaftlichsten geliebt!‹

Diese Bemerkung hat mich sehr erstaunt und ich habe dann lange darüber nachgedacht.

Und ich glaube, sie hat Recht!

Wir haben uns einmal leidenschaftlich geliebt!«, sagte er bestimmt und sah ihr tief in die Augen.

»Das ist lange her!«, entgegnete Finja verlegen.

»Ja, es ist lange her. Ich bin auch nicht allein, jetzt. Die Pilar, die bei mir wohnt, ist nicht nur meine Haushälterin. Ich fühle mich sehr wohl mit ihr, obwohl sie Spanierin ist. Du weißt ja, normalerweise sind mir die Spanierinnen immer zu dramatisch gewesen; zu besitzergreifend. Aber jetzt bin ich halt schon älter und sie kümmert sich rührend um mich. Und wenn ich zwischen ihren Brüsten liege, fühle ich mich manchmal wie ein Kind, obwohl sie noch sehr jung ist. Sie war an Krebs erkrankt und hat keine Gebärmutter mehr, also kann sie keine Kinder bekommen. Das ist ganz gut so, denn ich habe ja schon so viele Kinder.

Und so kann ich immer weiter davon träumen, mit ihr ein Kind zu haben, ohne dass es Konsequenzen hat.

Du weißt es ja, im wirklichen Leben habe ich für Kinder wenig Zeit. Das ist mir wohl bewusst. Ich habe immer viel zu wenig Zeit für alle meine Kinder gehabt.«

»Wie geht es Juan?«, fragte Finja.

»Oh, da triffst du einen wunden Punkt«, sagte Carlos düster. »Juan ist verschwunden. Irgendwo als Drogenhändler in Brasilien abgetaucht. Weißt du, der ist für mich gestorben. Ich kann mich da nicht länger hineinsteigern, sonst bekomme ich auch noch Magenkrebs. Manchmal muss man klare Schnitte machen. Besser ein Ende mit Schrecken, als ein Schrecken ohne Ende.

Juan hatte mit Drogen zu tun. Er hat sogar einmal seine Mutter geschlagen, weil sie ihm kein Geld mehr geben wollte. Er hat sie auch bestohlen. Ich habe ihn zuletzt eigenhändig rausgeschmissen.

Es gibt Grenzen.

Das Ende wird eines Tages ein Böses sein.

Aber das möchte ich gar nicht mehr erfahren.«

»Und Viola?«, fragte Finja weiter.

»Oh, Viola macht sich. Sie ist beruflich sehr erfolgreich. Privat ist sie ohne jeden Humor. Raucht nicht; trinkt nicht; ist unendlich misstrauisch gegenüber Männern. Aber sie hat fünf Hunde!

Wie geht es Fini und dem kleinen Carlos?«

»Es geht. Es ist etwas mühsam, seit ich ausgezogen bin. Mein Mann war immer sehr streng mit ihnen und jetzt glauben sie, sie können mit mir alles machen. Und die gesellschaftlichen Bedingungen hier in Wien sind für jemanden wie mich sehr schwierig. Ich kann hier nicht wirklich Fuß fassen!«

»Weißt du, wir sind beide sehr besondere Persönlichkeiten«, sagte Carlos. »Und solche Menschen haben auch besondere Kinder. Die Frage ist immer, wie sich das bei den Kindern auswirkt.

Ich würde sagen, unsere Kinder werden es entweder sehr leicht haben im Leben oder sehr schwer!!
Du weißt ja, Fini war immer mein Lieblingskind. Sie ist die hübscheste von meinen Kindern und ich bin sehr stolz auf sie. Und in letzter Zeit erinnert sie mich an dich! … «

Eine Zeitlang hielten sie sich an den Händen und schwiegen beide. Dann sah Carlos unvermittelt auf die Uhr und seufzte:
»Oh Gott, schon so spät! … Ich fürchte, wir müssen uns jetzt wieder loslassen … auch wenn ich das gerade überhaupt nicht will …

Es fällt mir wirklich schwer, dich gehen zu lassen, Finja. Aber andererseits bin ich schon froh, dass du überhaupt wieder mit mir sprichst. Es wäre wirklich sehr hart für mich, zu wissen, dass du mir auf ewig böse bist.
Ich habe dich leidenschaftlich geliebt und nach dem Tod werde ich dir wieder begegnen. Irgendwo, in einer anderen Welt, wo es all diese Probleme, die sich hier zwischen die Menschen schieben, nicht gibt und wo man mehr Zeit hat, für die schönen Dinge des Lebens. Ich glaube ganz fest daran. Weißt du, ich lebe jetzt zeitweise in Kuba. Das ist ein wunderbares Land. So man sich mit der Regierung gut stellt, kann man dort fast alles machen. Hier in Europa ist alles schon

so kompliziert. Es gibt einfach viel zu viele Regulierungen und Vorschriften durch die EU. Man hat keinerlei Handlungsspielraum mehr. Aber in Kuba, da ist alles noch so, wie es in Spanien früher einmal war. Und Kuba ist landschaftlich gesehen noch viel schöner und exotischer. Man ist dort fast schon im Paradies angekommen …

Es gäbe noch vieles zu sagen, aber ich muss jetzt gehen, Finja. Und du wirst sicher auch schon zuhause erwartet.

Es war schön mit dir zu sprechen und ich danke dir für diesen Abend.

Vergiss mich nicht ganz, Finja!«

4

Anlässlich dieses Besuchs, sprach Carlos auch mit den Kindern über die Lebensversicherung in der Schweiz.

»Ich habe eine sehr hohe Lebensversicherung in der Schweiz und die läuft jetzt auf euch. Da würde jeder von euch im Ernstfall 500 000 Schilling bekommen! Versteht ihr? Im Ernstfall, das bedeutet, wenn ich zum Beispiel bei einem Unfall sterben sollte.«

»500 000 Schilling!«, meinte die inzwischen 13-jährige Fini nach dem Besuch zu ihrer Mutter. »So viel ist das jetzt auch wieder nicht! Da kann ich mir ja nicht einmal ein Haus darum kaufen!«

Im Sommer sahen die Kinder Carlos in Spanien wieder. Er erfuhr bei dieser Gelegenheit erstmals davon, dass die Großmutter an Krebs erkrankt war.

»Warum sagt mir das eigentlich niemand?«, ereiferte er sich … »Wie alt ist deine Oma jetzt eigentlich?«, fragte er Fini dann plötzlich unvermutet.

»Man fragt nicht nach dem Alter einer Dame!«, wich das Mädchen unangenehm berührt aus.

»Was ist denn das für eine Antwort! Deine Oma wird voraussichtlich sterben! Und ich bin doch Arzt?«

Carlos war beleidigt. Und als er abreiste, verabschiedete er sich weder von Fini, noch von ihrer Großmutter.

Die Omi starb wenig später und von Carlos war monatelang nichts zu hören. Wieder einmal war er nirgendwo zu erreichen.
»Was ist passiert? Oh! Ihr habt gestritten? Worüber war er denn so böse? Nur weil du ihm nicht gesagt hast, wie alt die Omi ist? Schon komisch! So eine große Sache ist das doch auch wieder nicht!«

Carlos blieb verschwunden. Die Zahlungen kamen anfangs noch jeden zweiten Monat und dann gar nicht mehr. In der Praxis informierte man Finja, die Mutter des Doktor Carlos sei gestorben und er hätte auf unbestimmte Zeit Urlaub genommen.

Im Februar erhielt Finja überraschend einen Anruf.
»Ich habe hier einen Brief vom Jugendamt in Wien!«, sagte Carlos spröde und distanziert. »Die wollen wissen, was ich verdiene!«
»Ja Carlos, es tut mir leid, aber du warst seit Monaten nicht mehr erreichbar. Ich war inzwischen gezwungen, die Hilfe des österreichischen Staates in Anspruch zu nehmen und für die Kin-

der einen Unterhaltsvorschuss zu beantragen. Und die versuchen dann halt routinemäßig, sich das Geld wieder zurückzuholen«, versuchte sich Finja etwas verlegen zu rechtfertigen.

»Ich habe doch immer für die Kinder bezahlt!«, entgegnete Carlos beleidigt.

»In letzter Zeit nicht, Carlos!«, wagte Finja zaghaft einzuwenden.

»Ich habe im letzten Jahr unter 70.000 Mark verdient! Ich habe sogar eine Minussteuererklärung gehabt!«, ereiferte er sich.

Seine Stimme klang irgendwie seltsam. Wie auf Wolken schwebend; oder wie auf Drogen.

»Bei mir ist eine Erkrankung im Gehirn festgestellt worden«, hörte Finja Carlos sagen. »Ich weiß nicht, vielleicht ist das ja auch reversibel. Ich bin gerade in den USA und werde hier seit einigen Wochen in einer Spezialklinik untersucht. Ich habe vor im Mai nach Spanien zu reisen und dort eine Immobilie zu verkaufen. Dieses Geld plane ich unter meinen Kindern aufzuteilen, um für den ausstehenden Unterhalt aufzukommen.«

Dann verabschiedete er sich kurz und förmlich: »Du wirst von mir hören.«

Finja hörte nie wieder etwas, von Carlos.

Einige Monate später teilte man ihr in der Praxis mit, Carlos sei gestorben.

»Ich arbeite hier zwar erst seit drei Tagen, aber ich glaube, der Doktor Carlos kommt nicht mehr, weil er verstorben ist!«, sagte eine unbekannte Stimme. Finja verschlug es den Atem.

»Sind sie sicher?«, fragte sie fassungslos. »Ich glaube, sie verwechseln da etwas. Soviel ich weiß, ist *seine Mutter* gestorben und er kommt *deshalb* seit einiger Zeit nicht in die Praxis«, entgegnete sie irritiert.

»Beschwören kann ich es nicht, kann sein, dass ich das verwechselt habe. Aber es war irgendetwas mit einem Todesfall!«

Finja dachte nach. Konnte Carlos wirklich verstorben sein?

Es war schwer, sich das vorzustellen. Carlos war für sie immer der Innbegriff von Lebendigkeit gewesen. Im Zuge seines letzten Besuches hatte er ihr von einem Abenteuerurlaub erzählt, bei dem er schwierige Tauchgänge in einer tief gelegenen Höhle absolviert hatte.

»Also, ich schaffe das noch genauso gut wie die jungen Männer!«, hatte er ihr stolz erzählt.

Sicher verwechselte diese neue Angestellte da etwas.

Aber wenn nicht? Welche Möglichkeiten gab es, das herauszufinden? Und welche Konsequenzen hatte es?

Finja hatte damals einen Freund, der früher einmal in einem Detektivbüro gearbeitet hatte. Dieser Mann bot an, zu recherchieren. Am Ende teilte er Finja folgendes mit:

Carlos war in Moskau gewesen. So viel sei sicher. Aber dann waren die Informationen nicht mehr einheitlich. Die einen Quellen gaben an, Carlos sei am vierten Mai in Moskau verstorben. Andererseits gab es aber auch Hinweise, eine Person seines Namens, sei am folgenden Tag aus Moskau ausgereist.

»Stellen sie doch einfach einen Antrag auf Waisenrente«, riet Finja ein Anwalt, bei dem sie sich beraten ließ, »weil dann müssen die Ämter ganz offiziell nachforschen.«

Ein Jahr später erhielt Finja eine Vorladung vom Jugendamt.

»Wir haben hier eine Mitteilung, dass ihr Kindesvater am vierten Mai des Vorjahres verstorben ist. Man hat uns aus Moskau eine Sterbeurkunde zugesandt. Haben sie davon gewusst?«

»Nein!«, sagte Finja.

»Warum haben sie dann einen Antrag auf Waisenrente gestellt? Sie wissen, dass sie den Tod des Kindesvaters melden müssen!«

»Ein Anwalt hat mir geraten, das zu tun. Ich habe unterschiedliche Gerüchte gehört, unter anderem auch, dass er gestorben sei. Ich wusste nicht, dass ich verpflichtet bin, Gerüchte zu melden.«

Als Finja die Sterbeurkunde in Händen hielt, versagten ihr die Knie und sie fing an zu weinen. Die Beamtin des Jugendamtes sah sie erstaunt an.
»Entschuldigen sie«, sagte Finja, »dieses Dokument zu sehen, fühlt sich so endgültig an ... ich bin immer davon ausgegangen, dass er noch lebt. Dass er irgendwo untergetaucht ist ... «
Sie versuchte einen Moment lang vergeblich, ihre kreuz und quer durcheinanderschießenden Gedanken zu ordnen. Dann richtete sie sich auf und sagte ablehnend:
»Diese Sterbeurkunde beweist gar nichts. Wahrscheinlich sitzt er längst auf irgendeiner tropischen Insel, wo er es sich gut gehen lässt. Er hat immer davon geträumt, eines Tages auszusteigen und fern aller Verpflichtungen, ein geruhsames Leben zu führen.«
»Das sind wilde Spekulationen ihrerseits! Das ist nicht von Bedeutung. Was zählt ist, dass ich hier schwarz auf weiß eine Sterbeurkunde habe! Und damit ist es amtlich, dass er verstorben ist!«, sagte die Beamtin kopfschüttelnd.

Finja teilte ihren Kindern mit, ihr Vater sei gestorben.

»Aber er war doch Arzt und jetzt ist er gestorben?«, fragte ihr Sohn ungläubig.

»Auch Ärzte sterben«, sagte Finia. »Und vielleicht ist er auch gar nicht wirklich gestorben. Vielleicht ist er einfach nur untergetaucht und hat eine neue Identität angenommen.«

Finja forschte weiterhin nach Carlos' Verbleib. Im Lauf der Zeit trug sie folgende Fakten zusammen:

Jene Pilar, welche die Kinder nur als Haushälterin identifiziert hatten (nein, er hat jetzt keine Freundin, es gibt dort nur so eine Art Putzfrau) war zu dem Zeitpunkt, als die Sterbeurkunde ausgestellt wurde, seine offizielle, rechtmäßig angetraute Ehefrau!!

Er hatte immer gesagt, er werde nie wieder vor dem Gesetz heiraten, die Konsequenzen seien ihm zu unabsehbar. Er werde Finja nicht heiraten, nicht mit zwei Kindern und auch nicht mit drei. Und er werde auch Susanne nicht heiraten, egal, wie sehr ihre Verwandten auf ihn einreden würden.

Jetzt hatte er eine Frau geheiratet, mit der er kein Kind hatte. Diese Frau war jetzt seine Haupterbin.

Finja brachte in Erfahrung, dass Pilar Mitglied der Zeugen Jehovas war. Das war insofern erstaunlich, weil Carlos sein Leben lang ein Freigeist gewesen war und es fiel schwer, sich vorzustellen, dass er eine Frau mit derart engen religiösen Vorstellungen so nahe an sich herangelassen hatte.

Besagte Pilar hatte angeblich alles verkauft und war dann weggezogen. Und niemand wusste, wohin.

Seine Asche habe sie zuvor in Estepona beerdigt. Finja dachte an jenen romantischen Friedhof am Meer, in der Nähe seines Geburtsortes, den sie einmal mit Carlos besucht hatte. Daran, wie überzeugend er ihr damals erklärt hatte, er wolle eines Tages dort begraben sein.

Schon aus den Erzählungen ihrer Kinder hatte Finja erfahren, dass Susannes Sohn tatsächlich ein Jahr jünger war, als Carlos Finja gegenüber ursprünglich angegeben hatte.

Ihr war inzwischen klar geworden, dass damals, als Carlos sie zu Weihnachten zum ersten Mal aus den USA angerufen hatte, dieses Baby noch gar nicht geboren war und dass er damals wohl bis zur Geburt des Kindes in Texas geblieben war. Und als sie ihn zum ersten Mal in Spanien besucht hatte, da war dieses Kind noch keinen Monat alt gewesen.

DAS war es offensichtlich gewesen, worüber Carlos' Mutter sich damals wiederholt aufgeregt hatte. (Ach, sie sagt nichts Wichtiges, sie macht sich halt um alles Mögliche Sorgen ...)

Finja versuchte auch in Erfahrung zu bringen, wo in der Schweiz sich jene Versicherung befinden konnte, die Carlos für die Kinder abgeschlossen hatte. Das war nicht einfach, da sie weder den Namen der Versicherungsanstalt, noch eine Polizzen-Nummer kannte. Man suchte daher über ein zentrales Register und Finja erhielt die Auskunft, es gebe gewisse Hinweise, dass diese Versicherung tatsächlich existiere, aber man benötige von ihr noch mehr Dokumente. Die Sterbeurkunde, die Geburtsurkunden der Kinder und vor allen Dingen entsprechende Nachweise über die Vaterschaft des Doktor Carlos.

Nach etwa einem Jahr teilte man Finja abschließend mit, die Versicherung habe tatsächlich existiert. Sie sei aber bereits vor einiger Zeit aufgelöst worden und das Geld ausbezahlt. Aus Datenschutzgründen sei man nicht befugt, ihr mitzuteilen wann und an wen.

Das Oberlandesgericht Wien verlangte inzwischen von Finja die Rückzahlung der bereits bezahlten Unterhaltsvorschüsse. Ab dem Todestag, bestehe kein Anspruch mehr auf Unterhalt. Wohl aber auf Waisenrente. Sie solle sich wieder an die Pensionsversicherungsanstalt wenden. Die seien jetzt zuständig.

Irgendwann fuhr Finja nach Kuba. Sie wollte dieses Land mit eigenen Augen sehen. Diese Insel, von der Carlos ihr so viel Positives erzählt hatte. Und sie wollte dem Zufall eine Chance geben … Vielleicht würde sie irgendwo dort seine Spur finden … falls er noch lebte …
Kuba erinnerte sie in vielerlei Hinsicht an Indien. Auch hier gab es wunderbare Mangobäume und eine ungemein großzügige Natur. Sie entschädigte die Menschen für vieles, was westliche Besucher zumeist als furchtbare Armut bezeichneten.
Finja aber erschienen diese Menschen in ihren einfachen Hütten reich und sie beneidete sie darum, dass sie in der Lage waren, sich selbst, mit nichts, als ihren eigenen Händen, eine Behausung zu bauen. So selbstverständlich, wie sich ein Vogel ein Nest baut und aus was immer für Materialien gefertigt, die man gerade in der Umgebung fand.
»Eines Tages möchte ich so ein Haus bauen und einige Zeit darin leben!«, dachte sie.
Finja reiste einmal um diese bezaubernde, tropische Insel herum und dabei fühlte sie sich Carlos nahe. Oder auch nur jenem Traum vom einfachen, glücklichen Leben, den er immer geträumt hatte.

Darüber hinaus fand sie keine Spur von ihm. Dennoch bedauerte sie es, so bald wieder abreisen zu müssen, zurück nach Österreich, wo viele, ungelöste Probleme auf sie warteten.

Die Wiener Pensionsversicherungsanstalt hatte zwischenzeitlich Erkundigungen eingezogen und teilte Finja mit, der Doktor Carlos sei in Spanien nicht sozialversichert gewesen. Als Selbstständiger sei man dort nicht dazu verpflichtet. Daraus ergebe sich, dass von Spanien aus keine Pension zu erwarten sei. Von Österreich aus sowieso nicht, da er hier ja nie gelebt hatte. Einzig und allein in Deutschland sei er versichert gewesen, jedoch würden die erworbenen Versicherungsjahre für die Auszahlung einer fortlaufenden Waisenrente nicht ausreichen. In solchen Fällen sei es üblich, eine einmalige Abschlagzahlung zu leisten. Das könne aber noch lange dauern, bis die Angelegenheit endgültig geklärt sei.

Es dauerte etliche Jahre und die Kinder waren in der Zwischenzeit großjährig geworden. Dadurch, so erklärte man Finja umständlich, müsse man die Zahlung leider zunächst auf die Konten der Kinder überweisen. Es sei natürlich klar, dass Finja für ihre minderjährigen Kinder Kosten gehabt habe. Insofern würde dieses Geld ihr, als Kindesmutter, zustehen. Sie müsse diesen Betrag aber, der Form halber, bei Gericht von ihren

Kindern einklagen. Recht bekommen würde sie da definitiv. Die Gesetze seien halt manchmal etwas kompliziert in der Anwendung.

Finja bezahlte zu diesem Zeitpunkt immer noch die vormals erhaltenen Unterhaltvorschüsse in monatlichen Raten zurück. Sie sprach also mit ihren Kindern und man einigte sich zuletzt, mit jener Abschlagzahlung aus Deutschland zunächst einmal die Schulden an den österreichischen Staat auszubezahlen. Den Rest teilten sich Fini und ihr Bruder. Es waren etwa 13.000 Schilling für jeden.

Ein lächerlicher Betrag, im Vergleich zu jenen 500.000 Schilling, die Carlos jedem Kind aus seiner Lebensversicherung in der Schweiz versprochen hatte.

Was war geschehen?

Hatte Carlos sich bei seinem letzten Besuch so sehr über die Kinder geärgert, dass er die Versicherung auf jemand anderen geschrieben hatte?

Oder hatte er vielleicht durch seine Erkrankung Geld für teure Therapien gebraucht und es sich aus der Versicherung geholt?

Möglicherweise hatte er aber auch Europa einfach den Rücken gekehrt und all sein Vermögen veräußert, um sich anderswo eine neue Existenz aufzubauen …

»Eines Tages werde ich meine Memoiren schreiben und dann wirst du wissen, wer der Mann war, mit dem du Kinder gehabt hast«, hatte Carlos oft zu Finja gesagt. »Noch bin ich nicht so weit. Aber irgendwann, da ziehen wir auf eine einsame Insel. Ich kann den Eingeborenenfrauen dabei helfen, ihre Babys zu bekommen. Und du schreibst mir immer neue Verse. Und ich werde dann endlich meine Erinnerungen niederschreiben. Das wird ein spannendes Buch werden. Voll von unglaublichen Geschichten! Und dann wirst du eine Ahnung davon haben, *wer ich wirklich war*!!«

War Carlos wirklich tot?
War er an jener rätselhaften Erkrankung im Gehirn, die er bei seinem letzten Telefonat erwähnt hatte, gestorben? Oder hatte er den Freitod gewählt, weil sich herausstellte, dass er nie wieder gesund werden würde?
»Ich möchte gerne alt werden, aber ich kann darauf verzichten, hinfällig zu werden!«, hatte er manchmal zu Finja gesagt. »Wenn ich eine Erkrankung hätte, die nicht heilbar ist, würde ich den Suizid wählen. Ich würde nicht zusehen, wie diese Krankheit mich auffrisst.

Als Arzt hat man sehr humane Möglichkeiten, sich umzubringen.«

Finja hatte ihn an diesem Punkt immer verstanden. Suizid war eine Möglichkeit, sowohl den Zeitpunkt, als auch die Art des Todes selbst zu bestimmen. Das war ein unglaubliches Privileg.

Noch eine andere Möglichkeit ging Finja durch den Kopf. Carlos hatte des Öfteren zu Finja gesagt, falls er unheilbar krank wäre, würde er gerne sein Leben im Dienst für eine gute Sache lassen …

Eine Frage quälte Finja.

Carlos hatte gewusst, dass er ernsthaft erkrankt war.

Warum hatte er dann den Kindern die Versicherung weggenommen?

Wenn er wirklich gestorben war, war es verantwortungslos. Er wusste ja, dass die Kinder nach ihm keine Pension erhalten würden. Und dass sie noch jahrelang minderjährig waren.

Und wenn er nicht gestorben war, warum hatte er dann den Kindern die Versicherung weggenommen, bevor er selbst ins Paradies aufbrach? Wo er doch immer zugesichert hatte, die Kinder bis zum Abschluss ihrer Berufsausbildung zu unterstützen.

Er hatte auch mehrmals betont, die Kinder könnten jederzeit zu ihm nach Spanien kommen und da studieren. Und sie könnten auch gerne in seinem Haus wohnen. Er habe ja ohnehin die Zimmer der anderen Kinder fertig eingerichtet da stehen.

Carlos hatte auch stets sehr verächtlich über Männer gesprochen, die ihren Unterhaltspflichten nicht nachkamen. Derartige Verantwortlichkeiten waren für ihn immer Ehrensache gewesen.

Was also war geschehen?

Im Zuge der diversen Anträge, waren den Kindern auch noch nachträglich spanische Geburtsurkunden ausgestellt worden, in denen man an erster Stelle den Namen ihres Vaters eingetragen hatte. Auch eine spanische Staatsbürgerschaft trug man ihnen posthum an. Sie würden fortan zwei Pässe auf verschiedene Namen besitzen. In Österreich auf den Namen ihrer Mutter und in Spanien auf den Namen ihres Vaters. So, als ob man ihnen eine zusätzliche Identität angeboten hätte.

»Immerhin«, sagte Fini mit einem sentimentalen Blick, »hat mein Vater mir seinen Namen vererbt!«

Woraus dann doch nichts wurde, weil die Kinder die Pässe nicht innerhalb eines vorgeschriebenen

Zeitlimits abholten. So verfiel die neue Staatsbürgerschaft wieder.

Auch wenn die Angestellten sich alle an Fini und
Carlos erinnerten und immer sehr freundlich zu
ihnen gewesen waren. Vorschrift war Vorschrift.

5

Einige Jahre lang hatte Finja das Gefühl, dass
Carlos doch noch irgendwo lebte.
Dann irgendwann erlosch jenes Gefühl und wenn
sie hinfort an ihn dachte, war da plötzlich nur
noch eine Leere, ohne Echo.
War es ihre Schuld gewesen, dass er gestorben
war?
Lange Jahre hatte sie versucht, ihn zu beschützen. Genaugenommen seit damals, als er ihr die
Geschichte von dem Flugzeugabsturz erzählt
hatte.
Und gleichzeitig war sie viele Jahre lang verzweifelt bemüht gewesen, ihn zu vergessen. Bemüht, die Erinnerung an ihn, aus ihrem Herzen
auszureißen. So, wie man Unkraut ausreißt, das
immer wieder ungefragt nachwächst.
Lange Zeit war sie auf ihn böse gewesen.
Sie hatte ihm deshalb ihre Nähe entzogen, aber
immer noch hatte sie ihn beschützt. Mit all ihren
Gedanken und mit aller Kraft, zu der sie fähig
war, hatte sie einen weißen Kreis um ihn gezo-
gen, in dem sie sich Carlos unverwundbar vorstellte.
Und in all diesen Jahren war ihm nichts passiert.

Dann aber, als sie sich das letzte Mal in Wien
gesehen hatten und er ihr von Pilar erzählte, hatte

Finja beschlossen, sich endgültig zurückzuziehen.

Ihn begleitete ja jetzt eine dauerhafte Gefährtin.
Und es war *deren* Aufgabe ihn zu schützen.

Für Finja war es an der Zeit, dass sie sich endlich um ihr eigenes Leben kümmerte.
Um ihre eigene Zukunft.
Finja veröffentlichte die Verse, die sie für Carlos geschrieben hatte. Wie um sich von ihnen zu befreien.
Sie begann auch, sich eine Tätigkeit als Sprachlehrerin aufzubauen, von der sie leben konnte.

Irgendwann vergaß sie Carlos, so, wie man einen Regenschirm bei Sonnenschein vergisst.
Irgendwann war er aus ihrem Herzen geglitten.
Unbemerkt.
So, wie man ohne es zu registrieren, ein Taschentuch verliert. Oder einen Handschuh.

Und jetzt war er tot.
Oder vielleicht doch nicht?

Ihr Gefühl sagte, dass es inzwischen so war.
Es würden keine Anrufe mehr kommen.
Er würde keine Memoiren mehr schreiben.
Ihre Gedanken konnten ihn nicht mehr erreichen.
Und Finja würde niemals mehr erfahren,
wer er wirklich gewesen war.